이 다정함이 모여

아주 조금만 더 행복해지길

오늘도 무너지지 않고 살아낸 당신에게 건네는 위로

이 다정함이 모여

아주 조금만 더 행복해지길

세벽
세시

지난 책을 출간하고 난 이후로 꽤 오랜 기간 동안은 도무지 쓰고 싶은 것이 없어 고군분투하던 날들의 연속이었다. 나는 진심이 아닌 글을 쓰면 바로 티가 나서 좋은 원고를 쓰기가 어렵다. 마음을 조금만 열어도 무수히 쏟아져 나오던 문장들은 다어디로 갔는지. 이제는 전부 열어도 아무것도 나오지 않는다는 사실이 절망스럽기도 했다. 그래도 어떡하나. 안 되는 걸 억지로 할 수는 없는데.

아무것도 떠 있지 않은 하얀 화면을 켰다가 끄기를 반복했다. 아무래도 나는 디지털이랑은 안 맞나 싶어서 원고지를 꺼내본 적도 있었는데, 그마저도 쉽지는 않더라. 아무거나 쓰고 싶지 않다는 고집부터 버려야 하나 싶어서 펜을 잡았던 새벽, 문득 '새로울 것 없이 단조로운 일상이 나를 이렇게 만들었나?'라는 생각이 들었다. 그리고 그제야 내가 아닌 다른 사람들의 이야기를 들어보기 시작했다.

COVID-19 대유행 이후 이제는 대부분 이전의 일상을 회복했다고 생각했는데, 여전히 많은 사람들이 마음고생을 하고 있더라. 예전에는 SNS를 통해 팔로워들에게 하고 싶은 이야기를 해달라고 하면 90퍼센트가 연애 고민이었는데, 지금은 대부분 개개인의 현실적인 상황에 대한 것들이다. 그렇게 지난 몇 년간 이전과는 다른 종류의 이야기를 나누게 되었고, 그것들은 결국 나의 일부가 되었다. 같이 울고, 같이 웃으며 어떻게든 버텨보자고 서로를 다독였던 수많은 밤들.

솔직히 내가 그대들의 마음을 다독이고, 자존감을 북돋아주어야 할 의무 같은 걸 가지고 있는 것은 아니다. 나 또한 이 시대를 살아가면서 가끔은 감정의 밑바닥에서 허우적거리고, 앞길이 캄캄해져 어찌할 바를 모르는 사람 중 하나일 뿐이니까. 다만 남에게 자주 하게 되는 말은 결국 내가 가장 듣고 싶은 말이라는 문장처럼, 내 마음을 잔뜩 뒤져 꺼내온 독백 같은 문장들을 이곳에 가득 담아 보낸다. 부디 이것이 그대들이 꼭 한 번 듣고 싶었던 말이기를 간절히 바라며.

여전한 나의 영감이 되어주어서 고마워요.

2023년 2월
당신의 새벽 세시

# CONTENTS

PART
4

**너의
존재가
이미 내게
위로인걸**

PART 1

나는 내가 너무 좋은걸

# 나는 그냥 나

요즘 들어 부쩍 나에게 어떤 사람이 되고 싶냐는 질문을 하는 사람이 많아졌다. 사실 그 질문에 대해서는 어릴 때 말고는 진지하게 생각해본 적이 없었던 것 같은데, 계속 똑같은 질문을 반복해서 듣다 보니 어느 순간 제대로 된 대답을 해줘야 할 것 같다는 강박 같은 게 생겼다.

나는 그냥 내가 되고 싶다. 어떤 사람으로도 대체할 수 없는 나 자신. 예전에는 다른 사람들이 나에 대해서 어떤 말을 하는지 계속 신경 쓰이고 그랬는데, 지금도 뭐 아예 신경 쓰이지 않는다고 하면 거짓말이겠지만, 그래도 그 정도가 많이 줄었다. 누군가는 이런 나의 상태를 보고, 자존감이 회복되었기 때문이라고 생각할 것이다. 그러나 나는 이 소소하지만 대단한 변화가 단지 내 자존감의 회복에서 왔다고 생각하지 않는다. 이것은 생각보다 많은 것들을 포기하고 내려놓고 나서 얻은 결과물이다.

자존감을 얻기 위해 버리는 게 더 많다면, 그렇게 하라고 말할 수 있는 사람이 몇이나 될까? 힘들고 지친 사람들을 위해 내려놓기를 권유하는 내게도 그 말을 하는 것은 결코 쉬운 일이 아니다. 그 사람이 자기 자신을 위한다며 어떤 대단한 걸 버리려 할지 알 수 없으니까. 충분한 사고의 시간 없이 누군가의 말만 듣고 하는 행동이 얼마나 위험한 것인지를 알아야만 하는데.

무언가를 소유하기 위해서 내야 하는 용기의 크기보다 버리기 위해서 내야 하는 용기의 크기가 훨씬 클 것이라 자신한다. 그렇기 때문에 나는 언제든 떠날 수 있는 사람이 되고 싶었다. 그게 설령 사랑하던 사람과의 관계나 내가 오랫동안 품어왔던 꿈이라고 해도, 이건 아니지 싶으면 주저 없이 두고 떠나갈 수 있는 사람. 쉽게 말해 좀 쿨하고 매정해지고 싶었다는 거다. 내가 아무렇지 않게 그럴 수 있는 사람이 아니어서 이런 걸 더 선망하는지는 모르겠지만, 살다 보니 이상하게 미련 없이 결정했던 것들만 좋은 결과가 나오곤 했다. 나는 그냥 생긴 대로 구질구질하게 살고 싶었는데, 왜 이렇게 사는 게 내 맘 같지 않을까.

지금껏 그래왔듯 앞으로도 내가 마주한 상황과 환경에 따라 내가 지금까지 옳다고 믿었던 신념들이 흔들리게 되는 날이 올 것이다. 그러나 당신은 꼭 나처럼 언제든 떠나갈 수 있는 사람이 되는 걸 목표로 삼지 않아도 된다. 누군가의 말이

멋있어 보인다거나 한번 훑어보았을 때 맞는 것 같다고 하더라도, 그대로 살아보겠다며 한순간에 인생의 방향성을 바꿔버리지 않아도 된다. 어차피 직접 겪어보기 전까진 그 어떤 것도 확신할 수 없으니까. 그러니 우리는 최대한 많은 것들을 보고, 듣고, 느끼자. 그렇게 스스로 생각하고, 또 생각하고 행동하자.

나에게 맞는 것을 받아들이고,
아닌 것을 가려낼 수 있는 힘은
충분한 사고의 시간에서 나온다.

나는 혼자서도

생각보다 많은 것들을 할 수 있고,

나름대로 인생을

아주 잘 살아내고 있다.

# 평생의 숙제

자존감self esteem. 자신의 존엄성이 타인의 외적인 인정인 칭찬에 의한 것이 아니라 자기 내부의 성숙한 사고와 가치에 의해 얻어지는 개인의 의식.

검색창에 '자존감'을 검색하면 연관 검색어로 '자존감 낮은 사람 특징', '자존감 높이는 방법' 같은 문장이 연달아 나온다. 사실 자존감이 높은 사람들은 자존감이 높다는 사실에 대해 별다른 가치를 두지 않는다. 그들은 자신이 늘 이 상태를 유지하지 않을 것이라는 사실을 알고 있다. 자기에 대한 평가는 타인이 아닌 자기 자신에게도 유동적이기 때문이다.

우리는 우리가 마주한 상황에 따라 많은 것이 변할 수 있다. 그러면 "긍정적인 일들을 많이 겪은 사람은 자존감이 높아지고, 부정적인 일들을 많이 겪은 사람은 자존감이 낮아지나요?"라는 질문을 하게 될 텐데, 그럴 가능성이 높다는 걸 부정할 수는 없지만 그것이 정답이 될 수는 없다. 오히려 자존감이 높다는 건 부정적인 일을 겪고도 무너지지 않고, 긍정적인 일이 생겼을 때 조금 더 자기 자신을 믿어주는 것이다. 같은 상황에서 '나는 역시 그렇지' 하며 스스로를 자책하고, '이러다 큰일 나는 거 아니야?' 하고 무서워하는 사람이 아니라.

항상 말하지만 나 자신을 사랑하는 일은 생각보다 어렵다. 그 어려운 걸 당연히 쉽게 해야 하는 것처럼 대하는 게 문제인 거다. 우리는 생각보다 더 많은 시간 동안 반복적으로 미디어에 노출되어 있다. 그 안에 존재하는 표면적인 눈부심과 풍요로움 속에 나 자신을 끊임없이 빗대어 보면 어느새 내가 가지고 있는 것들보다 가지지 못한 것들을 먼저 생각하게 된다. 그렇지만 중요한 건 내가 그것을 보면서 떠올린 많은 것들 중 절반 이상은 허상일 가능성이 높다는 것이다. 신기루에 속아 온 마음을 내던지는 것과 다름없다고나 할까.

그대의 자존감은 결코 낮은 게 아니다. 높고 낮음의 정의는 타인이 아니라 오직 자기 자신만이 정할 수 있으니까. 그러니 오늘의 내가 이 정도에 머무르고 있다면, 내일은 그것보다 조금은 더 나아지리라는 믿음만 가지면 된다. 어떤 것도 단 한 번으로 좋아지지 않는다. 마음도 성처럼 벽돌 하나하나 올려가며 공들여 쌓아야 쉽게 무너지지 않을 거라는 말이다.

한 걸음만 천천히 가자.
하나만 더 인정하자.
한 번만 더 이해하자.
한 가지만 용서하자.

다른 사람도 아니고 나잖아.
너무 몰아세우지 않아도 괜찮아.

## Love Myself

사랑받고 싶어 하는 것은 인간의 기본적인 욕구다. 그러나 그 욕구를 채우고자 나 자신을 어떤 프레임 속에 가두다 보면 어느새 나는 내가 아닌 다른 사람이 되어버린다. 물론 부족한 부분을 더 채워 나가고 잘못된 부분을 개선하는 것은 좋다. 그러나 그것을 채우고 개선하려는 이유는 다른 사람 때문이 아니라 오롯이 나 자신을 위해서여야 한다.

사랑은 받으려고 발버둥 칠수록 자꾸만 멀어지고, 마음 놓고 여유로워질수록 점점 가까워지는 것. 내가 나 자신을 얼마만큼 존중하고 있느냐는 결코 잠깐의 연기를 통해서는 표현될 수 없다. 사랑을 갈구하며 상대방에게 쏟아내는 에너지의 딱 반이라도 나 자신에게 투자하자. 오늘 하루 내 기분은 어땠는지, 오늘은 어떤 순간이 가장 기억에 남는지, 자기 전 누워서 딱 10분 만이라도 세상에 묶여 있던 모든 신경을 오롯이 나 자신에게 데려와보는 거다.

그 사람은 내가 이래서 싫다고 하던데, 그건 내가 잘못했으니까 고치는 것이 맞고, 그걸 고쳤는데도 내가 싫다고 하면 그건 어쩔 수가 없는 거고. 어떤 애는 내가 어떤 옷을 입는 게 더 낫겠다면서 자꾸 볼 때마다 훈수를 두는데, 그건 아무리 봐도 내 스타일이 아니니까 그냥 신경 끄는 게 좋겠고.

남들에게 받는 사랑이 반밖에 채워지지 않더라도, 내가 나에게 주는 사랑이 꽉 차 있으면 마음의 공간은 비어 있을 시간이 없어서 더 이상 외롭지 않다. 남들이 내게 호의적이고 뭐라도 더 해준다고 내가 무작정 행복해질 수 있는 게 아니라는 거다. 모든 평온과 안정은 남이 아니라 나로부터 시작되는 거니까. 그러니까 이제 나 스스로를 먼저 사랑하고 존중하자. 그럼 나머지는 자연스레 따라오게 되어 있다.

사랑하지 않아도 좋고, 열정적이지 않아도 좋고,

매일매일 바쁘게 살지 않아도 좋고,

누군가에게 다정한 사람이 되지도,

모두에게 좋은 사람으로 살아가지 않아도 좋다.

그러니까 그냥 내가 나를 망치고 있다는 걸 알면서도

가만히 있지만 말자는 거다.

사실 내가 괜찮아지는 방법은 내가 제일 잘 안다.

알면서도 자꾸 모른 척하고 싶어서 그렇지.

# 너는 내게 아주 소중한 사람이야

최근에 자존감이 낮은 것을 가장 큰 고민으로 삼는 사람들이 많아졌다. 그러다 보니 그들의 주변인이 하게 되는 고민 역시 같이 늘어난 것 같다.

자신의 자존감에 대한 고민을 털어놓는 사람들이야 꽤나 자주 보았다지만, 요즘은 자존감이 낮아 힘들어하는 친구에게 어떤 위로를 해야 할지 모르겠다는 이야기를 종종 듣는다. 그들의 따뜻한 마음에 조금이나마 도움이 되고 싶어 이런저런 방법들을 생각해보지만, 안타깝게도 나는 위로를 잘하는 사람은 아니다. 누군가가 내게 고민을 털어놓으면, 그 고민에 대한 무조건적인 공감보다 현실적인 해결책을 먼저 찾아주는 게 훨씬 큰 도움이 된다고 생각하기 때문이다. 물론 해결책이 아니라 단순한 공감을 바랐던 사람에게는 그동안 내 방식이 오히려 상처가 되었을 수도 있겠지만 말이다.

그러나 자존감 문제만큼은 이야기가 좀 다르다. 자존감은 말 그대로 자신의 존엄성이 타인의 외적인 인정이나 칭찬에 의한 게 아니라 자기 내부의 성숙한 사고와 가치에 의해 얻어지는 개인의 의식을 말하는 것이다. 그 말인즉, 주변에서 꾸준히 자존감을 높여주는 말을 해주고, 지속적인 관심을 가져주고 뭐라도 해보라면서 나름의 해결책을 제시한다고 해도 자기 스스로가 달라지려 하지 않으면 결국은 바뀌는 게 없을 거라는 뜻이다.

그럼에도 옆에서 힘들어하는 친구를 그저 두고 보고 싶지 않다면, 그 친구가 자신에게 얼마나 중요한 사람인지를 꾸준히 말해주었으면 한다. 사람은 누구나 자신의 존재가 가치 있기를 바라고, 세상에 딱 한 사람에게만이라도 자신이 특별한 사람이기를 바란다. 그러니 이런 말을 자주 해주자. 상대의 좋은 점과 대단한 점에 대해 칭찬을 하면, 그게 없으면 나는 아무것도 아니게 되지 않을까 하는 불안에 빠질 수 있지만, 그어떤 조건도 없이 단지 너라는 사람 자체가 나에게 얼마나 소중한 사람인지를 말하는 것은 상대에게 충분한 안정을 줄 수 있다.

나는 너의 존재로 인해 언제나 힘을 얻고 있으며, 나 역시도 너에게 그런 존재이기를 바란다는 것. 네가 그 누구도 아닌 너인 채로 있어도 나는 있는 그대로의 너를 언제나 응원할 것이라는 것. 네가 그저 너라서 좋다는 것. 막연한 위로보다는 진심을 담은 응원으로 그 사람이 왜 이곳에 살아 있어야만 하는

지를 증명해줄 수 있다면, 그에게 그것보다 더 감사한 일이 있

을까?

그저 하루하루를 충실하게 살고 싶다.

이 작은 시간들이 모여

미래의 내가 아주 조금만 더 행복할 수 있었으면 좋겠다.

# 최선을 다해 빛날 것

어떤 것이든 꾸준히 하는 게 제일 어렵다. 매일 운동을 하는 것도, 일기를 쓰는 것도, 청소를 하는 것도. 이렇게 사람들은 무언가를 한다고 하면 대체로 몸으로 하는 일부터 생각하곤 하는데, 사실 우리는 몸으로 하는 일만큼이나 마음과 정신으로 하는 일 또한 많다는 것을 간과해서는 안 된다. 몸보다 마음이 쉬어갈 시간이 곱절은 더 부족하다는 안타까운 현실 역시도.

이 한 몸 침대 위에 편안히 눕혀도 좀처럼 쉬어지지 않는 마음. 불안하게 흔들린 채 새벽을 지새우는 수만 가지 생각들. 남들에게는 관대하면서 나 자신에게만은 좀처럼 내려놓을 수 없는 잣대들. 자꾸만 남과 나 자신을 비교하고, 내가 가진 것들을 온전히 사랑하지 못하며 이미 망가져 있는 마음에 또 다시 생채기를 내버리는 나에게 이제는 그만 내려놓아도 괜찮다고 말해주고 싶다.

나는 사랑받을 만한 가치가 충분한 사람이며, 하고자 하는 일을 열심히 해내는 책임감 있는 사람이다. 모든 사람에게 좋은 사람일 수는 없겠지만, 내가 아끼는 사람들에게만은 누구보다 따뜻한 사람으로 남아 그 곁을 지킬 것이며, 그들도 언제고 내게 그러할 것임을 믿어 의심치 않는다. 그러니 더는 불안해할 필요도 아파할 필요도 없다. 그저 지금 이대로 하루하루를 열심히 살아가면 된다.

지금도 충분히 잘하고 있다.

나는 나를 믿는다.

인생 최고의 순간은 세상이 아니라 내가 만드는 것이니.


오늘도 그대들은 각자의 자리에서 최선을 다해 빛날 것.

# 소중한 시간을 낭비하지 말자

견지망월見指忘月. 달을 보라고 손을 들어 가리켰더니 달은 보지 않고 손가락 끝만 본다는 뜻이다. 우리는 가끔 형식적인 것들을 중요시하다가 정작 정말 해야 할 것들을 놓치는 경우가 많다. 달을 보기 위해서는 달을 가리키고 있는 손가락의 끝을 봐야 하는 게 아니라 그 손가락이 가리키고 있는 달, 그 자체를 보아야 한다.

  외로움을 채우기 위해서는 무분별하게 사람을 만나야 하

는 게 아니라 내 마음속에 어떤 부분이 결핍되어 있는지를 알아야 하고, 남들에게 인정받는 사람이 되기 위해서는 나 자신이 인정할 만한 사람이 어떤 사람인지부터 알아야 한다. 애초에 의도와 상관없는 것들은 마음속에서 내려놓고, 근본적으로 내가 지금 어떤 것들이 필요하고 무엇을 해야 하는지에 대해 중심을 잡고 행동해야 한다는 것이다.

정작 중요한 본질은 외면한 채 지엽적인 것에 집착하면서 소중한 시간을 낭비하지 말자. 우리가 가지고 있는 시간은 생각보다 짧고, 당신이 보아야 할 것은 고작 손가락 끝이 아니라 지금 당신을 향하고 있는 달이다.

누군가와 나 자신을 비교하는 일부터 그만두어야 한다.

열등감만큼 사람을 망치는 감정은 없다.

# 그 모습 그대로도 충분해

소설 《시간의 주름》으로 유명한 작가 매들렌 렝글Madeleine L'Engle은 이런 말을 했다. "어린 시절 우리는 어른이 되면 더 이상 나약하지 않을 거라 생각했다. 하지만 어른이 된다는 것은 나약함을 받아들이는 것이다. 살아 있다는 것은 나약하다는 것이다."

사람은 나이가 들수록 무서운 게 많아진다고 한다. 가진 게 없는 사람이 제일 무섭다는 말도 결국 같은 맥락이다. 우리는 나이가 한 살씩 늘어갈수록 자의든 타의든 무언가를 얻게 되니, 그만큼 무서운 게 많아진다는 거겠지. 나 역시 어릴 때보다 스스로 나약해졌음을 느낀다. 예전에는 10년 전으로 돌아갈 수 있으면 참 좋겠다는 생각을 했는데, 요즘은 그때로 돌아가 다시 살라고 하면 그게 대체 무슨 소리냐고 되레 따지게 될 것 같다. 아무것도 모르니 겁 없이 행했던 일들의 과정이 어땠는지 전부 다 알아버린 지금, 그때랑 똑같은 걸 다시 하라고 하면 절대 못 하지 않을까? 차라리 좀 시들시들해졌더라도 다 해치운 지금이 낫지. 물론 앞으로도 이겨내야 할 일이 한두 가지는 아니겠지만 말이다.

나약하다는 게 무조건 나쁜 것은 아니다. 쉽게 흔들리고, 아파했으면서도 이만큼 버텨왔다는 건 오히려 칭찬받아야 마땅하다. 물론 처음부터 강인했더라면 어려운 상황에 처했을 때 조금 더 의연하게 대처할 수는 있었겠지. 하지만 강인한 사람이나 나약한 사람이나 그 정도의 차이만 있을 뿐, 결국 상황을 이겨내고 버텨내야 한다는 건 똑같다. 그러니 결국 강인하다는 것과 나약하다는 건 종이 한 장 차이다. 오히려 나 자신이 나약하다는 것을 받아들이고 그 상황 속 나를 지키는 힘을 기르려 노력하는 것이 무작정 강인해지겠다고 발버둥 치는 것보다 현명하다.

우리는 분명 나날이 나아지고 있다. 살아가다 마주한 많은 일들로 인한 상처로 어느 순간 방어 기제가 생겼더라도 그냥 그 상태의 나를 인정하고 달래주면 그뿐이다. 지난 시절을 그리워하지 말자. 겁 없던 어린 시절을 더는 선망하지 말자.

당신은 나약한 그 모습 그대로도 충분히 아름답다.

# 오래도록 변하지 않는 사람

어릴 때부터 나는 무언가를 한 번 좋아하기 시작하면 그 마음이 쉽게 변하지 않았다. 한 번도 좋아하지 않은 것은 있어도, 한 번 좋아해놓고 그 마음이 금방 사라져본 적은 없었다는 말이다.

사실 이러한 성격은 좋아하는 대상이 사람이 되기 전까지는 별 문제가 없었다. 초등학교 시절 처음 짝사랑을 시작하기 전까지만 해도, 내가 좋아하던 대상은 고작 한참 안고 다니던

미니 마우스 인형 같은 거였으니까.

누군가에게 사랑이라는 감정을 느끼고, 좋아하는 대상이 사람으로 옮겨가기 시작했을 무렵부터 나는 습관처럼 사랑의 탈을 쓴 누군가를 자주 앓게 되었다. 말 한마디도 제대로 나누어본 적 없으면서 온통 마음을 빼앗겨버렸던 그날부터, 이번에는 분명 운명인 줄 알았는데 장난처럼 스쳐 간 인연 때문에 한참을 울었던 밤들까지.

분명 변하지 않고 한결같다는 건 좋은 거라고 배웠던 것 같은데, 이미 끝나버린 상황 앞에만 서면 그 말은 미련과 같은 의미로 사용되었다. 그러나 사람마다 마음의 끓는점이 다르다면, 끓어오른 마음이 식어가는 데 소요되는 시간 역시 다르다는 걸 알아주었으면 좋겠다.

평생 같은 지점만 맴돌며 살 수는 없더라도, 유달리 오래 머

물고 싶은 길 하나쯤은 있을 수도 있는 거니까. 그러니 아직 마음을 완전히 비워내지 못했다면, 그곳을 다른 것으로 억지로 채울 필요는 없다. 사랑은 언제고 또 찾아오겠지만, 나를 떠난 사람이 나보다 먼저 새로운 시작을 했다고 해서 나도 똑같이 그래야만 하는 것은 아니다. 그 사람은 그 사람이고, 나는 그저 변하지 않은 것뿐이다.

남들이 들으면 우스운 소리일 수도 있지만, 나는 내가 지금처럼 이대로 오래도록 변하지 않는 사람이었으면 좋겠다. 끓었던 마음이 식는 데 오래 걸리는 내가 제법 마음에 든다. 누군가가 스쳐 간 흔적들을 기억하면서 그 자리를 잠시나마 온전히 비워둔 채 이별의 과정도 사랑이라 당당히 말할 수 있는 그런 사람으로 살고 싶다. 내가 상처받기 쉽다는 이유로 누군가에게 상처 주기 쉬운 사람이 되고 싶지는 않다.

그냥 지금 이대로 있는 그대로의 나를 받아들이고, 그저 무

너지지만 않게 아주 오래 다독여줘야지. 억지로 내려놓으려

하지 않고 조금만 더 나를 기다려줘야지.

아픔을 드러낼 줄 아는 사람은

약한 것이 아니라 오히려 강한 쪽이지 않을까?

자신의 치부를 보이면서 자신이

이런 사람이라는 것을 인정하고,

그로 인해 감당하게 될 많은 것들을

끝까지 감내한다는 거니까.

앞으로도 내게는 이불 킥을 하고 싶은 순간들이

수도 없이 찾아오겠지만,

그때마다 지금껏 견뎌온 내가 나를 또 일으켜 세우겠지.

언제나 그래왔듯 나에 대한 건 누구보다 내가 제일 잘 아니까.

# 비어 있어도 괜찮아

나는 부족함 없이 자랐다는 말보다 사랑받고 자랐다는 말을 더 좋아한다. 물질적 풍요는 성인이 되어 노력하면 어떻게든 스스로 얻을 수 있지만, 감정적 풍요는 쉽게 해결할 수 없는 문제라는 걸 알기 때문이다. 그렇다고 각자의 주어진 환경을 인정하지 못한다거나, 그것에 대해 불만을 가져야 한다는 것은 아니다.

  사실 아는 게 많아질수록 전부 모르는 척하고 사는 게 어려워져서 그렇지, 처음부터 알고 있는 게 하나였다면 그 하나만으로도 충분히 행복할 수 있다. 그러나 우리 대부분은 이미 하나만 알고는 살 수 없는 사람이다. 그럼 이 상태에서 결핍된 감정을 채워 넣을 수는 없는 걸까?

보이는 것을 채우는 건 쉽다. 몸집을 불리고, 몰라도 아는 척을 하고, 없어도 있는 척을 하면 된다. 언젠가 그게 만천하에 드러날 것임을 두려워하면서도 한 번 시작된 거짓말은 쉽게 그만둘 수 없다.

누군가에게 인정받고 싶어 하는 것은 인간의 기본적인 욕구다. 남들이 나를 우러러보고, 나를 부러워하면 좋겠고, 내가 남들보다 더 높은 자리에 있었으면 하는 욕심. 각자 가지고 있는 구체적인 욕심은 달라도, 아마 비슷한 모양의 욕심을 가지고 있을 것이다. 하지만 내가 있는 그대로의 나를 사랑하지 못하고, 잘못된 자기 과시를 통해 채워낸 자존감이 과연 건강할까? 그렇지 않다. 결국 그게 다 가짜라는 걸 자신이 제일 잘 알고 있기 때문이다. 보이지 않는 것을 채우는 것이 힘든 이유가 이것이다. 남은 속일 수 있어도, 결국 나 자신은 속일 수 없다.

예전에는 "너도 너를 사랑하지 않는데, 누가 너를 사랑해주겠어"라는 말이 괜히 자존감만 떨어뜨리는 말인 것 같아서 그다지 좋아하지 않았다. 하지만 이제는 안다. 누군가에게 건네는 저 말의 포인트는 '네가 그러고 있으면 아무도 널 사랑해주지 않아'가 아니라 '네가 너 자신을 사랑해야 다른 사람의 마음을 받아들일 수 있는 용기가 생길 거야'에 가깝다는 것을.

조건 없는 사랑을 다른 사람한테 주면 때때로 상처받는 일이 생기지만, 그걸 나 자신에게 준다고 해서 문제가 될 것은 없다. 사람이나 환경이 나를 괴롭게 하거든 그것에 쓸 신경을 온전히 나 자신에게로 돌리자. 다른 곳에서 도무지 채울 수 없는 것들을 스스로 채우면서 비어 있는 상태로도 꽤 괜찮은 내가 될 수 있도록.

나를 무너뜨리는 건 다른 사람이지만,

나를 살리는 건 몇 번이고 나여야지.

그렇게 무너지지 않고 살아야지,

오늘도.

## 식지 않는 다정

속마음을 드러내는 일은 언제나 부끄러운 일이다. 그러나 그 마음을 표현하지 않고 해결할 수 있는 일은 거의 없다. 감정에 솔직하다는 이유로 얻은 것이 반, 잃은 것도 반. 사실 얻은 것에도 잃은 것에도 저마다의 이유가 있겠지만, 어쨌든 모든 것이 내 뜻대로 흘러가지 않는다는 것만은 분명하다.

나는 지난 시간 동안 내가 괜찮은 줄만 알았는데, 그건 내가 나를 지키기 위해 늘어놓은 변명에 불과했다. 끊임없이 의심

하고 자책하고 집착하고, 이미 알고 있는 정답에 대해서도 다시 한번 확인을 받아야만 안심을 했다. 각자가 가지고 있는 삶의 방식을 존중하지 못하고, 내가 가진 것을 정답이라 여기며 상대방을 내 잣대로 휘둘렀다. 누군가가 나를 이렇게 만들었거나, 나 혼자 이렇게 되어버렸어도 이건 그 누구의 잘못도 아니다. 잘못의 숙주 따위는 이제 와 아무 소용없을 테니까. 단지 나는 내가 망가진 시간만큼 그것을 다시 제자리로 돌려놓아야 한다는 사실에 집중한다. 스스로 갉아먹은 마음만큼. 아니, 어쩌면 그보다 더 큰 힘을 들여야 회복할 수 있겠지. 아무것도 하지 않고 가만히 울어대는 시간 같은 건 어떻게든 줄여야 할 것이다. 좀 더 견고해지지 않고서는 견뎌낼 수 없을 테니까.

너무 오래 같은 패턴의 감정선 위를 걸어오며, 나는 어느새 인식할 수 없는 무언가에 익숙해져 있었고, 그 상태가 아니라면 살아갈 수 없다는 착각 속에 빠져 있었다. 물론 사는 데 정답 같은 건 없지만, 내가 선택한 일이 나를 우울의 구덩이에 처박고 있다는 걸 알았다면 적어도 지금은 바뀌어야 할 때다.

쉽진 않겠지만 아주 천천히라도 회복할 수 있다. 나는 아주 많은 사람들에게 사랑받고 있고, 그 진심에 담긴 힘을 믿으니까. 부디 나 자신이 언젠가 지나갈 파도에 휩쓸려 잘못된 선택을 하지 않기를, 한평생을 식지 않는 다정 속에서 살 수 있기를 진심으로 기도하며.

온전한 내 영역을 남들에게 침범받지 않고 살 수 있다면,

나는 차라리 그냥 개인주의로 살겠다.

할 수 있는 만큼 다 퍼주고,

돌려받지 못한 것들 때문에 상처받을 바에는

차라리 아무것도 주지 않고 아무것도 돌려받지 않겠다.

내가 정이라고 칭하며 행동한 것이

사실은 무언가를 바라고 한 행동이었다면

그건 처음부터 나 자신을 속이며

억지로 행한 가식에 불과하다.

그럴 바엔 그 시간에 나를 한 번 더 챙기자는 거다.

풀리지 않는 관계 때문에 전전긍긍하면서,

그래도 이렇게 해주면 나를 착하다고 생각하겠지 하며

혼자 착각하지 말고.

# 안정 구간

사람의 욕심은 끝이 없다. 하나를 가지면 둘을 가지고 싶고, 그렇게 원하던 무언가를 이루고 나면 그것을 어떻게든 유지하고 싶어진다. '이만큼 이루고 나면 당연히 행복해지겠지?'라고 생각했던 사람이라도 막상 그 상황이 되면 잠깐의 만족감 뒤에 부담감이 따라오기 마련이다.

이것이 내가 늘 적당함을 강조하는 이유다. 높은 곳에 올라갈수록 떨어질 것을 두려워하는 것은 어찌 보면 당연한 일이니까. 가끔 내리막길을 걷더라도 적정선에서 오르락내리락하며 비슷한 선에 머무를 수 있다면 차라리 그게 높디높은 곳에 오르는 것보다 행복한 일이 아닐까 싶어서.

각자의 성향에 따라 같은 일을 대하는 태도도, 거기서 얻는 성취감과 행복감도 전부 다르다. 욕심은 분명 사람을 발전시키는 중요한 요소지만 그만큼 사람을 망가뜨리기도 쉽다. 나는 남들보다 욕심이 많은 편이라 하나를 하면 열을 갖고 싶고, 열을 가지고 나면 그 밑으로는 내려가고 싶지 않은 사람이다. 덕분에 남들보다 일을 하는 시간도, 하는 일의 종류도, 만나는 사람의 수도 나날이 많아졌다. 물론 이렇게 살면 생각보다 많은 것들을 얻을 수 있지만, 그만큼 건강과 여유를 잃는다. 사실 적당한 선이라는 건 누가 정해주는 게 아니기 때문에, 이 선 자체가 날이 갈수록 위로 올라가기만 한다면 나는 죽을 때까지 멈추어서는 안 되는 사람이 되고 말 것이다. 그러니 적당히 만족하면서도 나 자신을 잃지 않을 만한 선을 찾자는 거다.

누군가가 정해주는 것이 아니라 나 스스로가 정해둔 인생의 선. 그 선은 위에만 그어도, 아래에만 그어도 안 된다. 양쪽에 다 그어두고 그 안에서 내가 안정적이게 숨 쉴 수 있는 구멍을 만들어놓아야 비로소 안정 구간이 완성된다.

안정 구간을 만들어놓고 우리는 그 안에서만 잘 살면 된다. 너무 높이 올라갈 필요도 없고, 너무 밑으로 내려왔나 하고 불안해할 필요도 없다. 자기 자신을 객관적으로 평가할 만한 기준을 정해두고 산다는 게 너무 팍팍하다 느껴질 수 있겠지만 그만큼 나를 지키는 데 도움이 될 것이다. 남의 기준이 아닌 나만의 기준을 만들어서, 평가를 하더라도 딱 그 안에서만 스스로를 평가하고 살자.

내가 나 자신에게 당당해질 수 있다면,

나 자신이 행복할 수 있다면,

그건 그대로의 가치가 있다.

## PART 2

아무것도 아닌 날은 없는걸

# 슬프지만 행복해

현대인에게 우울증은 감기와 같은 것이라고 하지만, 우울증은 감기가 아니라 알레르기에 더 가깝다. 한바탕 앓고 나면 어느 순간 나아져 있는 감기와는 달리 조금 괜찮아지는 것 같다가도 다시 발병하는 알레르기는 쉽게 완치되지도 않고 재발 빈도도 잦다. 내가 우울감에 대해 가볍게 이야기하는 것을 좋아하지 않는 이유도 여기에 있다. 누군가에겐 치명상을 입힐 수 있는 것이 누군가에겐 잠시 지나가는 것으로 여겨지는 게 전자의 입장에서 어떤 의미가 될지 너무도 잘 알기 때문에.

물론 사람이 매순간 행복할 수는 없다. 슬픔이나 우울 같은 감정이 없다면 행복이라는 감정 역시 없다고 보아야 맞을 것이다. 하지만 행복을 백색, 슬픔을 흑색으로 두고 생각했을 때 별 생각 없이 흑백의 세상만 오가던 당신이 어느 순간 행복이 백색이 아닌 회색이 되었다는 걸 알게 되었다면 우리는 백색의 세상에서도 늘 나와 함께하는 흑색의 잔흔까지 행복이라 믿을 수 있어야만 한다. 그렇게 내가 잿빛의 인간이 되었다는 것을 인정하는 것이 언젠가 다시 백색이 되게 해달라고 마냥 기도하는 것보다는 나을 테니까.

나는 이 글을 통해 우울이 고쳐질 수 없는 병이라는 걸 강조하고 싶은 것이 아니다. 완전히 고쳐질 수는 없지만 그렇게 쭉 같이 가더라도 그냥 그대로도 괜찮을 수 있다는 걸 말해주고 싶다. 그저 당신이 보고 있는 세상의 색이 조금 달라졌을 뿐이다. 그 안에서 나름대로 적응해 나가고, 자신을 다독이면서 그렇게 또 하루를 살아간다면 그뿐. 당신이 느끼는 감정의 폭이 달라졌다고 해서 누구도 당신을 탓할 자격은 없다. 설령 그게 자기 자신이라 할지라도 말이다.

　오늘도 잿빛 세상에서 더 어두운 곳을 피해보려 발버둥 치는 당신. 우리는 비록 마냥 행복하지도 마냥 불행하지도 못한 어중간한 사람이 되어버렸지만, 흑과 백으로 명확히 나누어져 있는 사람들의 세상보다 불행만큼 행복에도 더 가까운 사람임을 잊지 않았으면 좋겠다.

말도 안 되는 소리지만

가끔은 어제, 내일이라는 시간 개념이 없었으면 좋겠다.

매일이 오늘이라면,

모든 사람이 과거나 미래 없이 딱 오늘,

현재라는 시간만을 바라보고 살아간다면,

우리는 오늘 하지 않으면 후회할 것 같아서 하는 일과

어차피 오늘만 지나가면 되니까 하며 실수하는 일 중

어떤 쪽을 더 많이 하게 될까?

## 진짜 중요한 건 따로 있어

사람 사는 거 다 똑같다고들 하지. 그래도 유난히 지치고 힘든 날 하루쯤은 있잖아. 그냥 괜히 별것도 아닌 일에 눈물이 나는 날. '내가 대체 왜 이러나', '이게 이렇게까지 할 일인가' 이런 생각만 들고, 잔뜩 예민해진 탓에 괜히 주변 사람들한테 피해를 주는 것 같아서 내가 만들어놓은 동굴 속으로 숨고 싶은 그런 날.

예전에는 사람들이랑 같이 있을 때의 내가 진짜 살아 있는 것 같아서 만들지 않아도 되는 약속을 만들고, 가서 쓸데없이 밤새우고 집에 들어와서는 그제야 '시간 버리는 약속 같은 건 만들지 말아야지' 하고 후회하고 그랬는데. 이제는 나도 그런 데 쓸 힘 같은 게 없더라고. 나를 행복하게 하는 사람만 보고 살기에도 모자란데 내가 있어도 그만, 없어도 그만인 사람들한테 하루 종일 웃어가면서 비위 맞추는 것도 지치고. 적당히 노력해서 유지되는 관계에만 공들이고 살자고 마음먹고 나니 거를 사람들은 알아서 걸러지더라.

어차피 힘든 날 지금 내 옆에 없는 사람들한테 전화해서 울 것도 아니었잖아. 내가 그 사람들이랑 같이 지내면서 딱 한 번이라도 힘들다 소리 좀 해볼까 하는 생각을 했을까? 절대 아닐걸. 오히려 내가 나 자신을 인정하고 너무 밖으로 나돌려 하지도 않고, 너무 안에만 있지도 않은 바로 지금, 적당히 내 자리를 찾아 그 속에서 나를 존재하게 하는 사람들. 지금도 내가 언제든 힘들다고 칭얼거릴 수 있는 사람들한테 이야기를 했다면 모를까 아무리 힘들어도 내가 그랬을 리가 없지. 그런 말 해봐야 서로 편할 리가 없는데 지금 자연스레 걸러진 사람들은 그냥 언제고 그럴 만한 사람이었다는 거야. 그 사람한테도, 나한테도 똑같이. 그러니 아쉬워할 것도 미안해할 필요도 없다는 거지.

그러니까 우리 더는 집착하지 말자. 곁에 있는 사람의 숫자나 연락처 리스트의 차고 넘치는 번호들 중 진짜 내 사람이 누군지 한번 생각해봐. 딱 한 사람이라도 내가 정말 힘든 상황에 달려와줄 수 있다면, 그것보다 더 큰 축복은 없어. 얼마나 많은 사람이 곁에 있느냐가 아니라 그중 누가 곁에 남아 있느냐가 내 인생의 행복을 좌우하는 거야.

## 오늘은 잘 자길 바라

불면증에 시달려본 사람이라면, 잠을 잘 자는 게 인생에서 얼마나 중요한 영역을 차지하는지 알 것이다. 성인의 적정 수면 시간이 7~8시간 정도라고 하던데, 어릴 때부터 새벽에는 잠이 잘 오지 않고 한 번 잠이 들고 나면 아침에 일어나는 건 힘든 사람에게 이걸 지키는 일만큼 고역인 것은 없다.

퇴근하고 와서 이것저것 하다 보면 시간은 이미 훌쩍 지나 있고, 출근 준비를 위해서 7시쯤 일어나야 한다는 걸 가정했을 때 내가 적정 수면 시간을 지키려면 뭐든 포기하고 바로 자야 하는데, 그러면 집안일은 누가 하고 원고는 누가 쓸 거냐는 거다. 가끔은 이래서 몸이 두 개였으면 하는데, 하나도 건사하기 힘든 걸 하나 더 먹여 살리자니 그게 더 고역일 것 같아 그 생각도 금방 접었다.

내가 아무리 늦게 자도 다음 날 일어나야 할 시간이 달라지지는 않고, 내가 회사에서 처리해야 하는 업무량도 더 늘면 늘었지 줄어들지는 않는다. 그 바쁜 와중에 잠깐이라도 자려고 누웠는데 잠은 오질 않고, 자는 것까지 업무처럼 해내야만 한다는 것, 그게 바로 불면증이다. 아마 머리만 대면 잠들 수 있는 축복받은 자들은 평생 느끼지 못할 기분이겠지.

방송인 홍진경 씨가 "행복이란 밤에 자려고 누웠을 때 마음에 걸리는 게 아무것도 없는 것이다"라는 말을 한 적이 있다. 이 말을 처음 접했을 때, 이 말만큼 내 심정을 잘 대변해줄 수 있는 말은 없겠구나 싶었다. 내가 불면증으로 고생을 하게 된 가장 큰 이유가 자려고 누우면 머릿속에 떠오르는 생각이 너무 많았기 때문이다. 물론 그렇게 생각을 하다 보면 가끔 좋은 아이디어가 생길 때도 있고, 나 자신에 대해서 조용히 돌아볼 시간을 가질 수 있어 자기 발전에 도움이 되기도 한다. 그러나 생각이라는 게 무서운 것이라서 계속 꼬리에 꼬리를 물고 들어가다 보면 어느새 가장 어두운 곳에 도달하게 된다는 것이다. 한참을 뒤척이다 잠들기 직전에 하는 생각이 긍정적인 쪽이었던 경우는 거의 없었다.

그래도 기존에 하고 있던 생각을 다른 생각으로 덮어버리는 것보다는 생각의 꼬리 자체를 잘라버리는 게 오히려 나았다. 처음부터 검은색이었던 페이지에 억지로 다른 색을 칠한다고 달라질 건 딱히 없다. 차라리 다음 페이지로 넘겨 처음부터 다시 시작하는 게 좋지 않을까?

나는 우리가 아무 걱정 없이 잘 잤으면 좋겠고, 잠 못 드는 밤 때문에 괜한 스트레스를 받지 않았으면 좋겠고, 우리가 자고 있는 사이에 우리를 위협할 만한 그 어떤 일도 생기지 않았으면 좋겠다. 그렇게 나 자신의 안위에 대한 확신이 찾아오면, 자연스레 꼬리를 물던 생각도 줄어들게 되고, 매일같이 밤을 괴롭히던 불면증과도 조금은 멀어질 수 있을 테니까.

그러니 오늘은 아무 생각 없이 잘 자길 바라.

식이조절을 위해

단백질 위주의 건강한 식단을 유지하듯이

마음 조절을 위해

다정함 위주의 온전한 상태를 유지하자.

각박한 세상을 살아가는 나 자신에게

스스로 정한 치팅데이도 한 번씩 선사하면서.

자극적이고 얼얼해진 마음이 더는 나를 해치지 않도록.

"이 사악한 세상에서 영원한 것은 없다.
우리가 겪는 어려움조차도."

Nothing is permanent in this wicked world.
Not even our troubles.

_ 찰리 채플린Charlie Chaplin

우리는 항상 행복한 시간은 오래가기를 바라고,
불행한 시간은 얼른 지나가기만을 기도한다.
그러나 아이러니하게도 행복을 느끼던 때는
순식간에 지나가고, 힘든 시절은 마치 영원할 것처럼
나를 괴롭히곤 한다.

그러니 우리가 명심해야 할 것은 딱 하나다.
당시 내 기분에 따라 체감 시간이 달라질 뿐,
시간은 늘 똑같이 흘러가고 있다는 것.

찰리 채플린의 말처럼 이토록
사악한 세상에서 영원한 것은 없다.
그러니 이 순간 내가 겪는 어려움도
언젠가는 다 지나갈 것임을 믿어야지.

# 나는 나를 응원해

상처가 겉으로 드러나는 몸이 아닌 마음이 다치는 일은 그 정도를 가늠하기가 어렵다. 같은 상황에 놓였을 때 누군가는 별 타격을 입지 않을 수도 있고, 또 다른 누군가는 애써 버티고 있던 마음이 전부 무너져버릴 수도 있다. 예전에는 큰일이 생겨도 무덤덤했던 사람이 지금은 작은 것에도 흔들리는 사람으로 변해 있을 수도 있고, 수천 번을 흔들리다 그 자리에 뿌리를 내려 비로소 단단해진 사람도 있을 수 있다.

그러니 모든 사람이 같은 방법으로 괜찮아질 수는 없다는 거다. 내 마음이 나아질 수 있는 방법은 오로지 나만이 알고 있다. 여전히 얼마큼 아픈지, 지금보다 더 괜찮아지기에는 어느 정도의 시간이 필요할지. 다소 추상적이고 정확하지 않더라도 적어도 내가 속으로 하는 얘기들을 들을 수 없는 다른 사람들보다는 나 자신이 내린 정의가 가장 정확하다는 말이다.

비 온 뒤의 땅이 더 단단해지는 것처럼 마음의 땅이 잔뜩 젖어버렸을 때는 단지 모든 것이 휩쓸려 사라지지 않을 정도로만 버텨내며 그렇게 우리에게 또 다른 계절이 찾아오기를 기다리자. 알아주고 들어주고 다독여주고 가끔은 채찍질도 해가면서. 다가올 미래를 알 수 있는 사람은 없고, 오늘의 나는 내일의 나보다 아직 어리기에.

나는 눈 뜨면 한 뼘 더 자라나 있을

나 자신을 매 순간 응원해.

# 화분갈이

식물을 오래 키워본 사람이라면 분갈이나 가지치기를 해본 경험이 있을 것이다. 화분을 갈아주고 가지치기를 한다는 것은 식물이 앞으로 더 잘 자랄 수 있는 환경을 만들어주기 위해 자리를 옮기고 가지 중 일부를 선별하여 제거하는 것을 의미한다. 분갈이를 한 식물은 익숙한 자리를 두고 떠난 대신 더 크고 넓은 자리에서 보다 튼튼한 뿌리를 뻗게 되고, 가지치기를 한 식물은 일부를 덜어내어 아픔을 겪는 대신 더 많은 과실을 맺게 된다.

우리는 살아가면서 수많은 분갈이와 가지치기를 겪게 된다. 그것이 내 의지로 하게 된 것이든, 상황에 따라 어쩔 수 없이 진행하게 된 것이든 결국 우리가 조금 더 크고 단단해지는 데 도움이 되었다는 사실은 달라지지 않는다. 현재에 충실하며 살아가는 것은 중요하지만, 당장 눈앞에 보이는 이익에 취해 더 큰 것을 보지 못하는 것은 어리석은 일이다. 익숙한 것에서 탈피하는 일에는 실로 대단한 용기가 필요하고, 아픔을 감수하고 중요한 것을 덜어내는 일에는 그만한 행동력이 필요하다.

그러나 내가 그리고 있는 나의 미래가 그 모든 것을 감당해야만 하는 것이라면, 내가 바라는 나의 모습이 작고 여린 나무가 아니라 굵은 기둥에 뿌리 깊은 나무가 되는 것이라면, 아직 스스로 만족할 만큼 자라나지 못한 채 그 자리에 머무르는 이유가 나 자신을 작은 화분 안에 억지로 몰아넣고 있었던 탓은 아닌지 돌아볼 필요가 있다.

우리는 누구나 원하는 만큼 가지를 뻗어내고 과실을 맺을 수 있는 잠재력을 가지고 있다. 다만 그 과정에서 많은 것들을 덜어내고 익숙함에서 벗어나 더 큰 곳으로 향하는 과정이 필요할 뿐이다. 새로운 것은 결국 또다시 익숙한 것이 되며, 상처는 언젠가 굳은살이 되어 더 많은 것을 견뎌낼 수 있는 힘을 만든다.

그러니 잠깐 해보고 포기하지는 말자는 거다. 혹시 모른다. 한 걸음만 더 걸으면 지금보다 더 큰 내가 작고 여린 나를 감싸 안으려 기다리고 있을지.

현재도 결국은 과거가 된다.

시간은 무한하게 흘러가고,

우리는 그 시간 속에서 무언가를 얻기 위해

끊임없이 노력하고 있다.

마음은 언제나 현재에 두어야 한다.

모든 것을 변화할 수 있게 만드는 힘은

지금 이 순간에 있다.

지나간 과거가 자꾸만 발목을 잡는다고

느낀다면 그것부터 끊어내야만 한다.

나는 오늘도 하루만큼 발전하고 있다.

그러니 나는 늘 어제의 나보다

더 괜찮은 사람이 될 것이다.

## 스스로 찾는 행복

며칠 전에 엄마한테 내가 어떤 사람이 되면 좋겠냐고 물었다. 엄마는 웃으면서 "나는 네가 사소한 것에도 행복할 줄 아는 사람이 되었으면 좋겠어"라고 말했다. 그 말에 나는 "제일 어려운 걸 바라네"라고 말하고 같이 웃었다.

사람은 누구나 행복하기를 바라지만 그게 말처럼 쉬운 일이 아니라는 건 모두가 알 것이다. 인생은 자꾸만 나를 시험대에 올려놓고, 한 가지를 해결하고 나면 또 다른 난관에 부딪히

게 한다. 그걸 계속 반복하다 보면 행복하다는 생각을 하게 될 때마다 나도 모르게 불안해지기 시작한다. 이 행복이 언젠가 끝이 날 것이라는 걸 너무도 잘 알기 때문이다.

아무것도 하지 않고 가만히 있는데 찾아오는 행복은 너무 짧은 순간에 지나가버린다. 그러니 행복은 스스로 찾아 나서야 한다. 결국 이것도 노력을 해야만 쟁취할 수 있다는 소리다. 나를 찾아오기를 기다리지 않고 내가 먼저 찾아 나서야 한다는 게 어렵겠지만, 막상 해보면 또 생각보다 쉽다. 물론 너무 큰 기대를 하지 않아야 하겠지만 말이다.

나는 조용히 울려 퍼지는 타자 소리를 들으면서 이런 이야기를 써 내려가는 이 시간이 좋다. 누군가에게 나의 이야기를 하면서 이 문장들이 한 사람의 인생에 작은 영향을 미칠 수 있다는 것이 좋다. 오늘은 평소보다 날씨가 조금 더 따뜻해서 좋았고, 또다시 찾아올 아침에 나를 기다리고 있는 사람이 있다는 것도 좋다. 여전히 나의 안녕을 바라는 사람들이 곁에 있다는 사실에 안정감을 느끼고, 나 또한 그들에게 같은 마음을 전달할 수 있다는 것 역시 좋다. 이렇게 계속해서 열거할 수 있는 이 모든 것들이 전부 행복이라니.

당신도 나도 복을 참 많이 받았지.

어릴 때는 어른이 되어 스스로 돈을 벌면

할 수 있는 게 훨씬 많아서

가질 수 있는 게 많을 거라고 생각했는데…

나이를 먹으면 먹을수록

오히려 그 반대 입장이 되어 살고 있는 것 같다.


오백 원만 있어도 가질 수 있던 행복이

오백만 원이 있어도 멀게만 보여서.

# 시시하고 소소한

남들이 보기에 시시한 것들이 하고 싶다. 하루 종일 창밖만 보고 앉아 있거나, 동네 카페에서 지나가는 사람들만 보고 있는 것도 좋겠다. 대체 저 사람은 저기서 왜 저러고 허송세월을 하고 있나 싶을 만한 것들도 괜찮다. 그렇지만 그 행동을 함으로써 내 생활에 아무런 문제가 생기지 않고, 감정적인 동요도 없으며, 매일 그 행동을 반복해서 하고 있더라도 괜찮겠다 싶은 그런 것이어야 한다.

물론 며칠을 해보다가 질린다 싶으면 다른 것으로 넘어가도 된다. 대단한 것을 하려고 하면 만반의 준비가 필요하지만, 그냥 아무렇게나 해도 충분히 할 수 있는 것들에 대해 생각하는 데는 커다란 힘이 들지 않으니까. 내가 어떤 행동을 하는 데 애써 축적해놓은 에너지를 쓰지 않는다는 것이 핵심이다.

　너무 바쁜 생활 속에 지쳐버린 우리가 잊고 사는 안정감이라는 게 바로 이런 것이다. 감정적 안정을 찾으려면 결국 주변 상황과 현실이 안정적이어야 하는 거 아닌가라고 생각할 수도 있겠지만, 현실적인 부분에 대해서는 각자 충분한 노력을 들이고 있을 테니 그런 거 말고 쉽게 할 수 있는 다른 방법을 찾아보자는 거다. 시시한 게 재미없어 보일 수 있어도, 결국은 그런 소소한 것들이 일상에서 쉴 새 없이 날뛰는 감정의 밸런스를 맞추어줄 수 있다.

모든 순간은 다 그만한 의미가 있고, 나는 나의 시시한 안정
감을 사랑해.

세상은 넓고 우리는 모두 달라요.
어떻게 하나가 수십억을 전부 끌어안고
이해할 수 있겠어요.
다른 건 그냥 다른 거구나 하고 넘어가는 거지.

전부 괜찮다고만 하면 결국 탈이 나요.
아무리 애를 써도 이해할 수 없는 건 놓아버리고
내가 사랑해서 해가 되지 않는 것들을 사랑하세요.

사랑만 하고 살기에도 우리 인생은 너무 짧잖아요.

## 너무 걱정하지 마

"지옥 길을 걷고 있다면 계속 나아가라. 왜 지옥에서 멈추려 하는가?"

If you're going through hell, keep going. why would you stop in hell?

_ 윈스턴 처칠Winston Churchill

사람들은 시간이 약이라는 말을 하지만, 정작 힘든 사람에게는 시간이 흐르는 것이 느껴지지 않는다는 말을 본 적이 있다. 마냥 행복하기만 한 인생이라는 건 존재하지 않는다는 것도 알고, 신은 인간에게 버틸 수 있을 만큼의 시련만 준다는 것도 알고 있다. 그럼에도 모든 것이 다 버겁게 느껴질 때는 이 세상 사람들은 모두 다 행복하고 평온한데, 나만 불행한 사람인 것만 같다.

많은 것을 알고 있다고 해서 그 상황을 빨리 극복할 수 있는 건 아니다. 다만 많은 것들을 겪고 나면, 그 감정들을 대하는 것이 조금은 무뎌지기는 한다. 그리고 알게 된다. 숨을 쉬고 있다고 해서 살아 있다고 할 순 없다는 걸. 정신이 죽으면 그게 진짜 죽는 것이라는 걸.

어느 순간부터 마음을 잘 챙기라는 말을 안부처럼 한다. 늘 좋은 기분으로만 세상을 살아갈 수 없다는 걸 알면서도 밑바닥을 친 기분으로 하루를 버틴다는 게 얼마나 힘든지 아니까. "내일은 좀 나을 거야"라는 말을 건네고, 옆에서 해줄 수 있는 게 없다는 것 때문에 죄책감에 시달리기도 하지만, 누군가가 곁에 있다는 것만으로 안도감이 생길 수 있다는 걸 아니까. 그리고 그 안도감이 당신을 조금이나마 더 밝은 곳으로 꺼내줄 수 있다는 것을 아니까.

걷는 것이 힘들다면 잠시 쉬어가도 좋고, 울고 싶다면 마음껏 울어도 상관없다. 밤새 쓸데없는 소리들만 늘어놓으면서 시간을 축내고, 취한 채 만신창이가 되어서 길거리를 활보하다가 깨어난 아침에 아무것도 기억나지 않는 것에 자괴감을 느끼더라도. 그렇게 지내다가 다시 일상으로 돌아와서 또 아무렇지 않은 척을 해야 한다는 게 너무 싫어서 참을 수가 없더라도 괜찮다.

그렇게 숨 막히는 시간을 지나고 나서 뒤돌아보면, 그래도 지금 서 있는 곳 뒤에 당신이 걸어온 길이 있는 게 보일 테니까. 마냥 가만히 있었던 게 아니라 그게 다 이겨내려 발버둥

치던 시간이었다는 걸 알게 될 테니까.


그러니까 너무 걱정하지 마.

# 잠 못 이루는 밤, 당신에게

'사람이 자기 자신에게 가장 솔직할 수 있는 시간이 언제일까?' 생각이라는 건 의식하지 않아도 머릿속으로 언제나 하고 있지만, 우리는 무의식적으로 머릿속에 떠오르는 사고들을 어느 정도 스스로 검열하곤 한다.

　여기서 사고의 검열이라는 건 대체로 감성보다는 이성이 전담한다. 사람들과 어울려 살아감에 있어 이성이 필요하다는 것은 분명하다. 모든 사람들이 이성 없이 감성적으로만 대화하고 행동한다면 지금보다 문제가 될 만한 것들이 곱절은 더 일어나고 말 테니까.

그러나 그것이 가끔 나 자신도 속을 만큼 견고한 가면을 씌운다는 사실 역시 부정할 수 없다. 누구도 그러라고 시키지는 않았지만, 그렇다고 그러지 말라고 말린 적도 없는 그런 가면. 솔직함은 독이 되고, 내 감정을 직접적으로 드러내는 것이 어느새 약점이 되는 이 사회에서 그것을 몇 번이고 뼈아프게 겪고 나서야 훈장처럼 얻은 검열된 이성. 누군가는 그렇게 얻어 낸 이성 덕분에 자신이 조금 더 강해졌다고 생각해서 자랑스러울 수도 있지만, 무언가를 얻으면 동시에 다른 무언가를 잃는 법. 그 시간 속에서 내가 대체 무엇을 잃었는지에 대해서도 인지할 필요가 있다.

새벽 세 시는 인간이 감정적으로 가장 솔직할 수 있는 시간이라고 한다. 대체로 새벽 시간에는 사람들이 왕성하게 활동

하지 않으니 조용하고 사색에 잠기기 좋을 시간이라 그런 말이 나오게 된 것 같지만, 처음 글을 쓰기 시작했을 때부터 감정에 대한 글을 주로 써온 나에게 이만한 필명은 없었다. 지금도 많은 분들이 필명의 뜻에 대해 물어보면 이렇게 대답한다.

나는 원래 불면증이 심해 잠을 제대로 못 자는 날들이 많았고, 자려고 누워서 생각을 하다 새벽을 보내곤 했는데, 그렇게 한참 뜬 눈으로 있다 세 시쯤 되면 마구 올라오던 감정이 정점을 찍었다가 다시 잠잠해지곤 했었다고. 그래서 자기 전에 읽으면 마음이 정리되거나, 그게 아니라면 지금의 감정을 대신 표현해줄 수 있는 글들을 쓰고 싶었다고. 단 한 명이라도, 그 시간에 외로이 깨어 있던 누군가가 나의 글을 읽고 편하게 잘 수 있다면 나는 그것만으로도 충분할 것 같다고.

오늘도 나는 한참 잠을 이루지 못할 것이다. 그러다 새벽 세 시쯤이 되면 그동안 한쪽에 숨겨 두었던 감정들이 하나둘 밀려와 내 방 천장을 꽉 메우고 말겠지만. 그래도 나는 이성에게 검열 받지 않은 감성들이 나의 잠자리를 괴롭히는 것이 참 좋고, 이 사실을 숨김없이 글로 드러낼 수 있는 나의 용기가 좋다. 그러니 어디선가 나처럼 잠 못 드는 이가 있다면, 이 글이 당신에게 위로가 될 것임을 굳게 믿는다.

"꽃은 웃어도 소리가 없고, 새는 울어도 눈물이 없다."


겉으로 표현은 안 하지만

마음속으로는 느끼고 있음을 뜻하는 속담이다.

말하지 않으면 아무것도 모른다고들 하지만

가끔 아무것도 하지 않아도 느껴지는 마음이 있다.


이를테면 조용히 건네는 눈인사나

그저 옆에 있는 것만으로도 채워지는 안도감 같은 것.


우리는 너무 많은 것들을 보고 들으며 살고 있지만
사실 그 안에는 진실보다 거짓이 더 많을 수도 있다.


보이는 것이 전부는 아니다.
누군가가 당신을 위해 소리 내어 눈물을 흘려주지 않아도
마음만은 같이 울고 있을 수 있다.


그러니 혼자라는 생각이 들 때면
당신이 없는 곳에서도
당신을 응원하는 사람들의 마음에 귀를 기울일 것.


진심은 어떻게든 통한다는 말은
결코 거짓말이 아니다.

행복을 돈 주고 살 수 있다면
난 아마 그걸 잔뜩 사서 모으려다가
결국 또 불행해지고 말겠지.

행복은 외부의 어떤 것에서
시작되는 게 아니야.
내면에서 만드는 거야.

## 좋은 사람이 되어 좋은 사람이 오도록

인간은 긍정적인 것보다 부정적인 것에 대한 학습 능력이 더 뛰어나다고 한다. 아마도 그건 부정적인 일을 겪었을 때 느꼈던 충격이 긍정적인 순간의 잔잔한 기억보다 더 크게 와닿았기 때문일 것이다.

많은 사람들이 과거에 겪었던 상처 때문에 앞으로 나아가기를 주저하는 것에 대해 고민하고 있다. 그게 전 연애일 수도 있고, 인간관계일 수도 있고, 가정사일 수도 있고, 종류는 다

양하겠지만 솔직히 과거의 기억 때문에 힘들어하는 사람에게 무작정 과거에 매여 있지 말라는 조언을 하는 것은 별 의미가 없는 것 같다. 그걸 모르는 사람이 어디 있겠는가. 다 알면서도 안 되니까 그러는 거지.

　　과거에 겪은 부정적인 상황으로 인해 방어 기제가 생기는 것은 어쩔 수 없는 일이다. 과거에 매여 있는 것은 나의 의지로 하고 있는 일이 아니며, 어찌 되었든 그 경험 역시 내가 감당해야 할 일이기 때문에 너무 크게 생각할 필요가 없다. 애써 잊으려 할 필요도, 이겨내려고 발버둥을 칠 필요도 없다. 내 힘으로 되지 않는 걸 빠르게 해결하려고 했다가는 오히려 멀쩡한 정신도 무너지기 십상이다.

　　우리가 해야 하는 건 과거에서 벗어나는 게 아니라 과거의 상황과 지금이 똑같지 않음을 인식하는 것이다. '과거에 그랬으니, 지금도 그럴 것이다'라는 일반화에서 벗어나 그때와 지금을 다르게 인식하는 일부터 천천히 시작하자는 거다.

그때 그 사람은 지금 내 옆의 사람이 아니며, 그때 그 상황역시 지금의 내가 마주한 상황이 아니다. 그때와 지금은 엄연히 다르고, 그 순간의 나와 지금의 나도 다르며, 그 일을 겪은이후 나는 무수히 성장해왔기 때문에 혹여 같은 상황을 겪는다고 해도 충분히 이겨낼 만한 힘이 생겼다. 우리가 놓치지 말아야 하는 건 지금 현재 내 눈앞에 있는 소중한 것들이다.

무조건 과거에 매여 있지 말라는 게 아니다. 그 힘들었던 과거 속에서 겪은 많은 것들을 마음에 꼭 쥐고 다시 한번 일어나서 오늘이 되기까지 버텨온 수많은 순간들을 기억해 더 나은사람이 되어보자는 거다. 앞으로도 평생 과거에서 벗어나지못해 자꾸만 방어 기제를 세우는 사람이 되더라도, 우리가 매순간 조금 더 좋은 사람이 되어 있다면 자연히 내 곁에도 좋은사람이 따라올 테니까.

누군가에게 의지하는 것보다
나 홀로 있어도 온전히 살아갈 수 있을 만큼
단단한 마음이 필요하다고 생각하는 나지만,
너에게만은 언제라도 기대어 쉴 수 있는
믿음직스러운 안식처가 되어주고 싶다.

힘들 때면 주저 없이 힘들다고 투정 부릴 수 있고,
울고 싶으면 언제고 품을 열어 내줄 수 있는 그런 사람.

함께 무너질 수는 없다는 이유로
내 곁을 떠나려는 너에게 내가 하고 싶은 건
여기서 너와 함께 지친 하루를 버텨내어
어떻게든 이 생을 살아내는 일이고,
나는 너와 함께함으로 그 일이 조금도 힘들지 않다고.

나는 네가 있어 매일을 사랑 속에 살고 있다고.
다친 너의 마음을 끌어안고 말해주고 싶다.

"오늘도 사랑해, 나의 生."

어떤 것이든 나에게 찾아온 감정을

그대로 받아들이는 데 힘쓰기를.

절대 아무 감정도, 표정도 없이 눈만 껌뻑이는

깡통 로봇이 되는 것을 소원하지 않기를.

가슴 치며 울어도 차라리 마음껏 울 줄 아는 것이

더 낫다는 걸 부정하지 않기를.

이렇게 홀로 외로운 시간에도

우리는 분명 무언가를 얻어냈을 테니까.

# 어른이 된다는 것

인생은 도무지 인정할 수 없는 많은 것들을 인정해가는 과정
이라고 했다.


포기하는 것이 아니라 인정하는 것.

마음속에 한참 묶여 있던 것들을 어떻게든 내려놓고 떠나오
는 것.

한동안 아플 것을 알면서도 그 사실을 감안하는 것.

매 순간 버텨낼 용기를 내는 것.

돌아오지 않는 사람을 기다리지 않는 것.

나를 사랑하지 않는 사람에게 일방적인 사랑을 쏟지 않는 것.

이성적인 사람에게 감성을 강요하지 않는 것.

한때 나의 사람이었던 사람이 다른 누군가의 사랑이 될 수 있음을 깨닫는 것.

하고 싶지 않아도 해야만 하는 일로 하루의 반 이상을 보내야만 하는 것.

더는 어린애가 아니니 큰일이 아니면 울어서는 안 되는 것.


그리고 이 많은 것들을 결국 홀로 감수해야 하는 것.


나는 모르겠다. 무슨 말인지 다 알겠는데, 그냥 모른 척하고 어른 같은 거 안 하고 싶다. 이렇게 고군분투해가면서 살고 원하던 모든 것을 이뤄내고 나면….


그래서 그다음은 뭘까?

## 조금 느리게 걷더라도

어느 순간부터 산다는 게 눈앞에 놓인 수많은 퀘스트를 하나씩 수행해 나가는 과정이 아닌가 하는 생각이 들었다. 태어나면 우는 법을, 울고 나면 말하는 법을, 말하고 나면 배우는 법을. 학교를 가고, 친구를 사귀고, 직업을 가지고, 결혼을 하고, 하나의 가정을 꾸리는 인생이라는 궤도.

정해진 대로 때에 맞게 자연히 흘러가는 삶이라는 게 과연 평범하다고 할 수 있을까? 그렇다면 평범하게 사는 게 가장 어렵다는 말은 다른 어떤 것보다 확실한 정답인 것 같다.

    사람이 모두 다른 외형을 가지고 태어나듯, 우리 모두 걸어가는 길 역시 전부 다를 수밖에 없다. 그런데 그 많은 사람들이 사회가 정해놓은 똑같은 틀 안에서 모두가 같은 모습을 하고 살아가기를 강요받고 있다는 게 말이 되나. 사실 우리가 배워야 하는 것은 돈을 많이 벌어 성공하는 법이 아니라 서로가 다르다는 것을 이해하고 존중하는 법이고, 사회적으로 요구되는 미의 조건을 충족하기 위해 평생 다이어트를 하는 게 아니라 건강한 정신으로 살기 위해 어떤 자세를 취해야 하는지에 대해서다.

    정말 중요한 퀘스트들은 전부 뒤로 제쳐두고 모두가 원하고 당장 인정받을 수 있는 욕구에 치중된 것들에만 힘쓰다 보면, 표면적으로 보이는 성과에 잠시 취할지언정 화려하게 빛나는 껍데기를 가진 깡통이 될 수밖에 없다.

내면이 건강한 사람은 자연히 빛난다. 조금 느리게 걷더라도, 나 자신을 지킬 수 있는 타이밍만큼은 모른 체하고 지나치지 않기를.

대단한 사람이 되려는 욕심 같은 건 처음부터 없었지만,

그래도 인생의 나침반을 든 이상

내가 원하는 곳이 어느 방향에 있는지 정도는

알고 있어야 한다고 생각한다.

그 길은 분명 지금까지 내가 걸어온 길만큼이나 험난할 테고,

어쩌면 그보다 더한 시련이 나를 기다릴지도 모르지만,

그럼에도 불구하고 나아가야만 하는 건

내가 지금 이곳에 살아 있고

누구보다 나를 굳건히 믿어주고 싶기 때문이다.

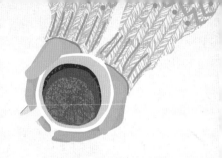

나는 어차피 무슨 수를 써도

끝내 나밖에 되지 못할 것이다.

그러니 오늘의 나보다 내일의 내가 조금 더 빛나는 사람이

될 수 있도록 하루하루를 그저 헛되이

흘려보내지만은 않으련다.


늘 내가 나의 하루를 최선으로 사랑할 수 있기를.

# 온전히 나를 위한 날

일 년에 한 번, 생일을 맞이하면 초에 불을 붙이고, 후— 하고 숨을 내뱉기 전에 마음속으로 소원을 빈다. 나는 다른 날은 몰라도 생일만큼은 행복하게 보내야 한다는 철칙을 가지고 사는 사람이라 생일이 있는 일주일은 '생일 주간'이라고 칭하고 제법 야단법석을 떤다. 그런데 매년 만나는 사람은 달라져도 결국 비는 소원만큼은 다 거기서 거기였다.

꽤 여러 가지 버전의 소원들이 존재해왔지만 그중 가장 많은 비중을 차지했던 건 내가 사랑하는 사람들이 한 해를 행복하게 잘 보낼 수 있게 해달라는 거였다. 예전부터 주변 사람들이 행복해야 나도 행복할 수 있다는 생각을 자주 해왔기 때문일까? 생각해보면 그 주체가 내가 될 수도 있었던 건데, 아무래도 다수가 행복해야 소수인 나 역시도 행복해질 수 있을 거란 기대를 했던 것 같다.

아무리 곱씹어봐도 그동안 나만을 위해 빌었던 소원은 "이번엔 정말 좋은 사람을 만나 오래 사랑에 빠지게 해달라"고 했던 것 정도다. 어떻게 보면 생일날에도 남 좋은 일만 한 것 같기도 하지만, 나를 위해 모인 사람들 곁에서 어떻게 나만 위하는 소원을 빌 수 있었겠나. 각자의 행복이 모여서 우리의 행복이 되어준 그 따뜻한 날에.

나이를 먹으면 생일 같은 건 별 신경도 안 쓰이는 그저 그런 날이 되어버린다고는 하지만 꼭 생일이 아니더라도 일 년에 딱 하루 온전히 나를 위해 살 수 있는 날을 만들어두면 좋겠다. 주변 사람들과 나 자신을 위해서 진심을 다해 소원을 빌 수 있고, 그들과 함께 시간을 보낼 수 있는 그런 날 말이다. 우리는 그 행복했던 기억 하나로 다른 많은 날들을 버텨낼 힘을 얻을 것이다.

시간이 갈수록 기대하는 것이 줄어드는 것 같다. 그만큼 실망하는 일도 함께 줄었기에 차라리 이게 나은 것 같다는 생각을 하다가도, 가끔은 작은 것 하나에도 설레어 울고 웃었던 지난날들이 그리워지고는 한다.

현재가 행복하지 않으면 자꾸 과거를 회상하게 된다고 한다. 지나고 보면 좋았던 일이 참 많은 것 같은데, 왜 항상 당시에 느끼는 소중한 감정들은 전부 놓치고 마는 걸까?

## PART 3

잠시 스쳤다 해도
그 자체로 큰 의미인걸

## 포기하지 않았음을 증명하는 것

가끔 SNS를 통해 작가를 꿈꾸는 사람들의 메시지를 받곤 한다. 그들은 대체로 어떻게 하면 유명한 작가가 될 수 있냐고 묻는데, 그때마다 내 대답은 언제나 똑같았다. 나도 그리 유명하지 않아서 그 방법에 대해서는 잘 모른다고. 다만 글을 쓰는 게 즐거웠고, 즐거운 일을 꾸준히 했고, 그렇게 오랜 시간 사람들에게 내 글을 보여주다 보니 어느 순간 여기까지는 올 수 있었던 것 같다고.

나는 어릴 때부터 책을 자주 접할 수 있는 환경에서 자랐고, 글을 쓰는 것에 집안의 반대가 전혀 없었다. 이과 쪽 능력이 전혀 없는 대신에 문과 쪽 능력이 남들보다 조금 더 발달한 편이었다. IT 강국인 대한민국에서 태어났고, SNS가 선풍적인 인기를 끌기 시작한 시점에 온라인에 글을 올리기 시작했다. 20년 전만 해도 책을 출간한다는 건 등단을 해야만 가능한 영역이라 생각했는데, 어느 순간부터는 등단하지 않은 작가들의 책이 더 많이 출간되기 시작했다.

출판 시장은 빠르게 변했고, 그 변화의 초창기에 책을 출간했다. 그렇게 출간한 첫 책이 베스트셀러가 되었다. 그 후부터 지금까지 일 년에 한 권 이상을 집필했다. 물론 내가 운이 좋았다는 건 인정한다. 소위 말하는 완벽한 타이밍이 함께했기에 모든 것이 가능했을 거라는 것도. 그러나 글을 쓰고, 또 쓰고, 수많은 퇴고를 거듭했던 시간들이 없었다면 나는 지금이 알맞은 타이밍이라는 것조차 알아채지 못했을 것이다.

낮에는 회사를 다니고 밤에는 글을 썼다. 생각보다 긴 슬럼프를 겪으면서 더 이상 글을 쓰고 싶지 않던 때도 있었다. 그렇게 좋아하던 일은 더는 좋아하지 않는 일이 되어 있었고, 내가 쓰고 싶은 글과 사람들이 좋아하는 글 중 어떤 것을 선택해야 할지에 대한 고민도 늘 함께했다. "천재는 1퍼센트의 영감과 99퍼센트의 노력으로 이루어진다"라는 말이 제일 싫었다. 결국 노력도 다 체력전일 텐데, 어차피 나는 천재도 아닌데 잠도 못 자고 이렇게까지 해야 하나 싶기도 했다.

그러나 당신이 지금 이 글을 읽고 있다는 것은 내가 끝내 포기하지 않았다는 것을 증명하는 셈이다. 너무 힘이 들 때는 아무 생각도 없이 며칠을 쉬었다. 마감 일자가 미뤄진다는 것에 대한 압박은 있었지만, 어떻게든 양해를 구했다. 이건 아니다 싶은 글은 쓰지 않았다. 그렇게 평소보다 오랜 시간이 걸렸지만, 그래도 결국엔 내가 해냈다는 사실은 변하지 않는다.

사람마다 '유명하다'는 단어에 대한 정의는 다를 수 있겠지만, 나는 유명한 작가를 꿈꾸는 사람도 아니고 그렇게 많은 사람에게 알려지지도 않았다. 여전히 이름만 말하면 다 알 만한 사람이 되는 것보다는 한 사람이라도 살릴 수 있는 글이 쓰고 싶고 앞으로도 그렇게 살 것이다. 그러니 당신이 가지고 있는 꿈이 있다면, 누구도 당신을 알아주지 않는 시간이 길어진다고 하더라도 꾸준히 해라. 매일 같이 행하고, 고치고, 보여줘라. 다만 당신이 사랑하는 일이 미워지는 순간만큼은 꼭 쉬어가라. 조급한 마음이 당신을 집어삼키게 하지 마라. 공들여 쌓은 탑은 잠시 휘청거릴지언정 결코 무너지지 않으니까.

우리는 분명 모두 아프지만,

그것보다 중요한 건

지금 이 순간을

버텨내고자 하는 의지일 테니.

# 빠르지 않아도 올곧게

사람은 누구나 저마다의 강박을 안고 살아간다. 적당한 강박
은 사람을 발전시키는 데 도움을 줄 수 있지만, 사실 강박이라
는 단어 자체가 적당하다는 말과는 어울리기가 어려워서 대
부분의 사람들은 마음을 옭아매는 그 감정 때문에 속앓이를
하는 경우가 많다.

아마 주변에서 가장 보기 흔한 경우가 몸무게에 대한 강박
이 아닐까 싶다. 미적 기준이 마른 신체 사이즈에 정형화되어

있는 사회적 분위기 탓을 하지 않을 수 없다. 실제로 살집이 있는 편이 예쁘다고 생각하는 나라들도 있으니 말이다. 물론 자기 관리를 꾸준히 하고 있다는 점은 칭찬받아 마땅하고, 건강을 위해서라도 적당한 체중을 유지하는 게 좋은 것 또한 인정한다. 그러나 대부분의 사람들이 원하는 것은 소위 '미용 체중'으로 불리는 저체중 몸무게다.

운동을 해서 근육량을 키우면 몸무게는 상관없으니 눈바디를 보라고 전문가들이 아무리 이야기를 해도, 결국 그들에게 중요한 것은 내가 지금 몇 킬로그램의 몸무게를 가지고 있느냐 하는 것이다. 폭식증과 거식증을 넘나들면서 체력도 정신도 망쳐가는 사람들을 수도 없이 보았다. 나 또한 한동안 운동을 해도 줄어들지 않는 숫자 때문에 나 자신에게 과도한 채찍질을 했던 날들이 있었다. 끝없이 반복되는 악순환의 고리를 잘라내는 방법은 단 하나였다.

"빠른 시일 내에 많은 것이 달라지지 않는다는 사실을 인정한다."

오랜 시간을 들여 꾸준한 노력을 들였을 때 조금도 달라지지 않는 일은 없다. 강박은 빠른 시간 내에 원하는 결과물을 얻고자 하는 욕심에서 시작된다. 조급한 마음을 내려놓고 여기서 조금 더 시간이 필요할 수밖에 없다는 것을 인정하자. 나는 초인적인 힘을 가진 슈퍼 히어로가 아니라 한낱 인간이며, 우리가 사용할 수 있는 건 자신을 바꾸고자 하는 의지와 그 의지를 유지하는 끈기밖에 없다는 것을 온전히 받아들이자.

속도감을 늦추는 대신 조금 더 세심하게. 천천히 내 마음을 들여다보며 한 발씩 나아가자. 빠르지 않아도 괜찮아. 느리지만 결승선을 향해 달리고 있다는 건 똑같아.

세상에 완벽하기만 한 사람은 어디에도 없으니,

너무 높은 잣대를 세워 자기 자신을

몰아세우지 않았으면 한다.

남들보다 자신을 대할 때

누구에게보다 진심이었으면 한다.

# 영원한 네 편

막바지 원고 작업에 한창이던 날, 아끼는 친구에게서 지금 뭐 하고 있냐는 연락을 받았다. 나는 지금 원고를 쓰고 있는데, 대체 내가 잘하고 있는 건지 잘 모르겠다는 푸념 섞인 답장을 보냈다. 그러고서 휴대폰을 뒤집어놓고 글 쓰는 일에 집중하다 한참 뒤에야 그 친구가 보내온 답장을 읽게 되었는데, 내용은 이러했다.

"넌 잘할 수 있어."

"잘 안 써지면 눈 감고 좀 쉬어."

"네가 좋아하는 일에 스트레스 받지 마."


살면서 어떤 순간에도 나를 믿어줄 수 있는 친구 한 명만 있으면 그 인생은 성공한 거라는 말을 들은 적이 있다. 지금보다 더 어릴 때는 여러 사람들을 만나는 게 좋았고, 그 사람들과 평생 함께할 수 있을 거라 자신했다. 내가 받는 것이 없어도 뭐라도 하나 더 챙겨주고 싶었고, 이런 마음을 언젠가는 그들도 알아줄 거라 믿었다. 그러나 시간이 지날수록 실망은 점점 더 커져만 갔고, 나만 노력해야 하는 일방적인 관계는 너무도 당연해졌다. 더는 필요할 때만 찾는 사람이 되고 싶지 않았다. 그저 시간 날 때 심심해서 만나는 사람이 아니라 시간을 내서 일부러 만날 만큼 중요한 사람으로 살고 싶었다.


주변에 있던 대부분의 인간관계를 정리했다. 여기서 정리를 했다는 말은 무작정 연락을 하지 않고 연을 끊었다는 말이 아니다. 그들과 나의 관계는 여전히 오랜만에 연락을 하면 웃으며 안부를 물을 수 있고, 어쩌다 한번 얼굴을 보며 밥을 먹을 수 있는 사이로 남아 있지만, 예전처럼 나 혼자 애써가며 그것을 유지하려 하지는 않는다. 내가 노력하지 않아서 끝나는 사이라면 내가 무슨 짓을 해도 언젠간 끝을 보게 될 것임을 이제는 안다.

진짜 친구는 상대방의 마음을 진심으로 존중하고, 그 사람이 하고 있는 일을 응원할 수 있으며, 힘든 상황에서 모른 체하지 않고 각자의 일상을 지켜줄 수 있어야 한다고 생각한다. 이건 만남의 횟수나 연락의 빈도 같은 게 중요한 게 아니라, 어떤 순간에 함께하더라도 불편하지 않고 숨김없이 나를 드러내도 이해받지 못할 것이라는 두려움이 없어야 하기 때문에 결코 쉬운 일은 아니다.

지금까지 흔들림 없이 나를 믿어주었던 너에게 이곳을 빌려 또 한 번의 감사 인사를 전한다. 아주 오랜 시간이 흘러 우리가 노인이 되더라도, 지난 시절을 추억하며 함께 웃을 수 있는 사이가 되기를 기도하며.

"나는 언제나 너의 모든 선택을 지지해."

누군가가 소중하고, 소중하지 않고는

어디까지나 내 기준에서 정해져야 한다.

나는 내 곁에 남아 있는 그대들을 항상 소중하게 생각한다.

언제 어디서 어떻게 만났는지 때문이 아니라

그저 지금 이 순간 나의 곁에 있다는 이유로.

## 우리 모두 "아스클레피오스!"

바쁜 일상 속에서 몸과 마음을 챙기는 것은 그리 쉬운 일이 아니다. 사회에 나가 경제 활동을 하다 보면 나도 모르는 사이 둘 다 잃게 되는 경우가 허다한데, 중요한 건 우리가 이것을 어쩔 수 없는 것이라 당연하게 여기며 살아간다는 것이다.

먹고살기 위해 정작 중요한 것들을 포기해야 한다는 건 아이러니한 일이 아닐 수 없다. 그나마 다행인 건 "나 때는 말이야"로 시작해서 "이보다 더한 일들도 잘 버텼다"라는 말 같은 건 이제 어디서도 대우받지 못하는 분위기로 바뀌었다는 것 정도. 물론 그런 말들을 수상소감인 양 내뱉는 사람들도 오만 가지 힘든 일들을 겪어왔을 걸 안다. 그러나 자신이 하고 싶지 않은 일은 다른 사람에게도 강요해서는 안 되는 법이다.

"일하는 게 너무 힘든데 그만둘 수가 없어요"라는 말을 들을 때마다 어떤 대답을 해야 할지 몰라 말문이 막힌다. 사실 힘들면 그만두는 게 맞는 건데, 그만둘 수 없다는 결론을 내버린 그 마음을 너무 잘 알아서. 조금만 더 참아보자고 하기에는 현실이 너무 가혹하고, 이제 그만하고 다른 방법을 찾아보자고 하기에는 너무 무책임하다. 우리의 일상은 생각보다 견고하지 못해서 한쪽에서 무너지기 시작하면 어느 순간 전부 밑바닥을 쳐버린다.

나는 우리가 값진 버텨냄을 통해 꼭 무언가를 얻어냈으면 좋겠고, 그렇게 오래 견디다가 결국 도망치더라도 그 순간들을 헛되이 보냈다는 자책은 하지 않았으면 좋겠다. 막다른 길에서 돌파구를 찾는 건 쉽지 않은 일이겠지만, 이 모든 것이 캄캄한 암흑 속에서 스스로 빛을 내는 법을 배우는 과정이라고 생각하면 마음이라도 조금 나아지지 않을까?

이리저리 치여 상처받더라도 마음 편히 쉬어갈 수 있는 안정제 같은 사람과 함께하기를. 어떤 상황에서도 나 스스로를 다치게 하지 않기를. 내일도 어김없이 일어나서 출근해야 한다는 사실만으로도 충분히 아득해지는 우리를 위해.

"아스클레피오스!Aesculapius"*

---

* "아픔을 잊게 해준다"라는 뜻의 주문. 그리스 로마 신화에 나오는 의술의 신이기도 하다.

우리 너무 위만 보지 말고

앞을 보면서 살아요.

# 늦게 피는 꽃

누군가가 무언가를 하고 싶다고 말했을 때, 이런저런 이유를 들어가며 굳이 말리려는 사람들을 그리 좋아하지 않는다. 그것이 그 사람의 나아갈 길과 꿈에 관한 것이라면 더더욱. 물론 그중에는 마땅히 말려야 하는 일도 있을 거라는 걸 안다. 누가 봐도 도덕적으로 또는 법적으로 문제될 수 있거나, 이미 예전에 한 번 해보고도 같은 습관을 고치지 못하고 똑같은 행동을 반복했을 경우 등이 그러하다. 그런데 단지 문제가 되는 것이 시간이 오래 걸려서라거나 지금 시작하면 미래가 불분명해서, 혹은 확실한 성공을 보장받을 수 있는 길이 아니라는 이유 때문이라면 당사자가 아닌 다른 사람이 이래라 저래라 할 수 있는 자격이 있을까?

사람은 뭐든 해보지 않고서는 모른다. 이 말을 똑바로 해석하자면 결국 뭐든 해봐야 후회를 하든 뭐든 한다는 소리다. 애초에 정해놓은 목표를 이룰 만한 사람이었다면 될 때까지 포기하지 않고 달려갈 테고, 중간에 포기하거나 게으른 모습을 보일 사람이었다면 알아서 그 일이 아닌 다른 방향을 찾아내든지, 조금 하다 그만두든지 할 거다. 그러니까 그게 나에게 직접적으로 피해를 줄 만한 일이 아니라면 응원도 아닌 괜한 오지랖을 부려서 그들의 열정에 찬물을 끼얹지 말자는 거다. 그 시간에 자신이 말로 내뱉어놓은 일들이나 신경 쓰는 것이 더 바람직하지 않을까?

"네가 걱정이 돼서 그래."

"내가 조금 더 오래 살아봐서 알아."

"내가 몇 년 전에 이미 해봤어."

"남들이 다 그렇게 말하잖아."

"세상은 그렇게 호락호락하지 않아."

"그게 그렇게 쉬운 일이 아니야."


이렇게 수많은 전제 조건을 붙여 건네는 말 한마디에 이제 막 피어날 준비를 하던 꽃송이가 제대로 된 이름 하나 가져보지 못한 채 그대로 져버린다.


그대의 일은 그대만 안다. 그러니 피었을 때 예쁜 꽃이 아닐까 두려워하지 말라는 거다. 다른 것보다 화려하지 않더라도 누구보다 진한 향을 가지고 있을지도 모르는 일이다.

# 나 자신과의 약속

이 책의 원고를 처음 쓰기 시작했을 때, 하루에 원고 세 페이지를 쓰자고 마음먹었었다. 하루에 세 페이지를 쓰면 한 달이면 약 90페이지의 원고가 완성되고, 그럼 대충 계산해도 두 달 정도면 원고 180페이지를 채울 테니, 못해도 석 달이면 한 권의 책이 완성될 수 있겠다는 결론이었다.

처음 며칠은 뭐라도 쓰자는 마음으로 어떻게든 세 페이지를 채웠다. 마음에 들지 않는 글이 써지더라도 그건 나중에 편

집하는 과정에서 빼버리기만 하면 그만이었다. 그러다 또 며칠은 두 편 정도 마음에 드는 글을 쓰고는 이 정도면 됐다 싶어 노트북을 덮어버렸고, 정말 단 하나의 글도 쓰지 못한 날에는 내일 여섯 페이지를 쓰자며 나 자신을 위로했다. 결론부터 말하자면 내가 하루 세 페이지를 채워 넣은 날은 원고를 마감할 때까지 며칠이 채 되지 않는다.

원래 글이라는 게 쓰고 싶다고 발버둥을 쳐도 마음처럼 잘 써지지 않는다. 써도 써도 어려운 게 글이다. 그런데 아무리 그렇다 해도 결국 나는 나 자신과의 약속을 지키지 못한 셈이다. 어쨌든 과정에 이런저런 어려움은 있었지만 어떻게든 마감 날짜를 맞추기 위해 노력했고, 그렇게 마지막 페이지까지 글을 채워 넣은 뒤엔 아주 중요한 깨달음을 얻었다.

모든 일에는 마감 시간이 필요하다. 그게 누군가와 약속된 것이 아니라 나 스스로 정한 것일지라도, 처음부터 아무것도 없었던 것보다는 훨씬 좋은 결과를 가져온다. "작가에게 마감은 가장 대단한 뮤즈"라는 말이 있는 것처럼 말이다. 한 해가 시작되면 새로운 목표를 정하는 것처럼. 물론 무언가를 하다 보면 예기치 못한 일로 시간이 늘어질 수 있고, 생각했던 것보다 오랜 시간이 필요할 수도 있다. 내가 단 하나의 글도 쓰지 못했던 날엔 다음 날 사용할 만한 여러 글의 소재를 찾아냈던 것처럼 기한을 정해놓으면 그것을 해결하기 위한 다른 방책들을 자연스레 생각하게 된다. 그리고 그것이 결국 좋은 시너지를 불러오기도 한다.

지금 당장 하고 있는 일에 기한을 정해보자. 너무 오랜 시간이 필요한 것들 말고 최대한 짧은 시일 내에 해결할 수 있는 것부터 시작하는 것이 좋다. 예를 들면, "두 달 안에 영어 단어 몇 개를 외운다"라든지 "일주일에 운동을 몇 번 하겠다"처럼 당장 행동을 하면 실천할 수 있는 것들 말이다. 기간은 최대한 짧고, 목표는 하루 단위로 정하는 것이 좋다. 그리고 마감 기한이 다 되었을 때 내가 그것을 얼마나 실천했는지에 대해 스스로 평가하고, 결과가 좋았다면 나에게 적절한 보상을 주는 방법도 괜찮을 것 같다.

스스로를 옥죄고 엄격한 잣대를 세우면서 나 자신을 괴롭히는 게 아니라 내가 나와 한 약속을 지키면서 조금씩 성장하는 과정을 지켜보고 그로 인한 성취감으로 흔들린 자존감을 회복하자는 것이다. 어렸을 적 칭찬 스티커 하나에 기분이 오르락내리락했던 것처럼.

나의 생에 있는 건 전부 내가 선택했고,

나는 나의 선택에 대한 책임을 질 뿐이다.

그래도 이왕이면 결과를 받아보았을 때

조금은 기뻤으면 좋겠다.

나도 모르게 누군가의 좋은 점을 질투하게 된다면,

차라리 그 사람을 진심으로 칭찬하고 응원하면서

그 점을 나의 것으로 흡수하자.

내가 그 사람이 될 수는 없지만,

그 사람이 가진 좋은 점을 배워 더 좋은 내가 될 수는 있다.

# 사랑하며 포기하지 않는 법

내가 나에게 주는 하고 싶은 일과 해야만 하는 일 사이에서 괴리감을 느끼는 경우가 많다. 사실 하고 싶은 일을 찾은 것만으로도 행운이라고는 하지만 어디 사람 마음이 말처럼 그렇게 쉬운가? 그렇게 좋아하던 일도 작은 것 하나 삐거덕거리기 시작하면 손 놓고 싶은 게 현실이다.

모든 걸 전부 쥐고 살아갈 수는 없고, 결국 뭐라도 하나 버려야 살 수 있는 거라면 내가 지금 당장 포기할 수 있는 게 무엇일지에 대해 생각해본 적이 있었다. 내가 제일 먼저 내던졌던 건 내 몸이 편할 수 있는 '시간'이었다. 자는 시간을 줄이고, 아무것도 하지 않고 가만히 보내는 시간을 줄이고, 친구를 만나 수다 떠는 시간을 줄이고, 새로운 사람을 알아갈 시간을 줄였다. 그렇게 여러 곳에 할애하던 시간을 조금씩 내려놓으니 내가 하고 싶은 일을 하기 위해 딱 현실과 타협할 수 있을 만큼의 여유가 생겼다. 그렇지만 내가 그 여유를 좋아한다고 말하기에는 분명 무리가 있었다. 행복하려고 시작한 일 때문에 오히려 불행해지는 일이 잦았다.

흔히들 정말 좋아하는 일은 직업으로 두지 말고, 취미로만 두라는 말을 한다. 그 말이 분명 틀린 말은 아니다. 뭐든지 일이 되면 책임져야 할 것이 많아지고, 그만큼 스트레스를 받을 확률이 높아질 테니까. 그렇다고 그다지 좋아하지 않는 일을 직업으로 삼아 일을 딱 생계 수단으로만 대하면 그 편이 더 나을까 하고 생각을 해보면 그것도 정답은 아니다.

결론은 세상에 힘들지 않은 일 같은 건 없다는 거다. 거기서 스트레스를 받고 안 받고의 차이는 개인이 어떤 생각을 가지고 있느냐에 따라 달라지는 거지, 단지 상황에 따라 일반화되는 문제일 수는 없다.

사랑하는 것들을 너무 많이 포기하지 않고도 일상을 지켜낼 수 있는 방법을 찾아보려 한다. 어려운 일인 만큼 오랜 시간이 걸릴 것임은 알고 있다. 모두가 높은 곳으로 올라가기를 바라고 낮은 곳에 머무는 것을 두려워하지만, 높고 낮음을 정하는 건 사회가 아닌 개인의 가치여야 한다. 그리고 선택과 그에 따른 책임도 오롯이 자신의 몫임을 잊지 말자.

도무지 이해가 되지 않는 일을 하면서도 '어쩔 수 없지' 하고 웃어넘기다 결국 좋아져버릴 때도 있고, 분명 내가 원하는 일을 하고 있는데도 좀처럼 행복하다는 생각을 하지 못할 때도 있다. 세상은 이렇게 늘 아이러니한 상황들을 만들어내고 매 순간을 시험 치듯 한다. 우리는 영원히 졸업하지 못하는 수험생이 되어 사회가 정해놓은 점수들을 채점받고 있다.

세상이 살아 있는 모든 사람을 1부터 9까지 등급을 매겨 마음대로 평가할 작정이라면, 적어도 내 인생에서만큼은 내가 채점자가 되어야겠다. 어차피 내 인생이니 내 마음대로 마음껏 행복해질 수밖에.

# 내 선택은 틀리지 않았어

수험생 시절 수많은 전공 중에서 문예창작과를 가겠다고 결정했을 때 부모님은 나의 선택을 존중해주셨지만, 솔직히 주변에서 말이 많았던 건 사실이다. 글을 써서 나중에 밥이나 벌어 먹고살 수 있겠냐, 차라리 국문학과를 가는 편이 더 좋지 않겠냐는 염려가 담긴 말들이었다. 물론 그들이 내게 했던 말들이 전부 틀린 말이라고는 할 수 없다. 실제로 글만 써서 생활을 한다는 게 쉬운 일이 아니기도 하고, 창작을 꾸준히 잘할 수 있을 거라는 점에 대해서는 나 역시 확신하지 못했다.

창작의 고통이라는 게 뼈를 깎는 고통이라고들 하지 않나.

우여곡절 끝에 결국 문예창작과 학부생이 되었을 때, 나는 누가 뭐라 해도 정말 행복했다. 그리고 다짐했다. 결과가 어찌 되더라도 결코 내 선택을 후회하지 않겠다고. 졸업 후 글을 쓰는 직업을 가지지 않더라도 4년 동안 좋아하는 것을 배웠다는 것만으로도 충분히 의미 있는 시간이라는 걸 믿어 의심치 않을 거라고.

지금 나는 남들처럼 회사를 다니면서 시간 날 때마다 조금씩 글을 쓰는 사람이 되었다. 글만 써서는 먹고살 수 없어서, 다른 일도 하는 거냐고 묻는다면 그것도 맞는 말이라 부정할 순 없다. 하지만 나는 현재 내가 하고 있는 모든 일에 자부심을 느끼고 하루하루 발전할 수 있음에 감사하고 있다.

어떤 일을 하고 있더라도, 어떤 것을 공부하더라도, 결국 내 인생을 위한 선택은 내가 해야 한다. 그래야 후회를 해도, 기쁨을 만끽하더라도 그것이 온전히 나의 것이 될 수 있으니까.

나빴으면 경험, 좋았으면 추억이라고들 하지 않는가. 결국 그 나빴던 경험도 언젠가는 추억이 될 수 있을 테니, 하고 싶은 것이 있고 그것을 열심히 해볼 마음도 있다면 남들 눈치 볼 것 없이 한번 해보자. 내 마음대로 했으면 보여줄 수 있어야지. 내 선택이 결코 틀리지 않았다는 걸.

# Best Timing

"열심히 노력하다가 갑자기 나태해지고, 잘 참다가 조급해지고, 희망에 부풀었다가 절망에 빠지는 일을 또다시 반복하고 있다. 그래도 계속해서 노력한다면 수채화를 더 잘 이해할 수 있겠지. 그게 쉬운 일이었다면, 그 속에서 아무런 즐거움도 얻을 수 없었을 것이다. 그러니 계속해서 그림을 그려야겠다."

_ 빈센트 반 고흐Vincent van Gogh

그림에 대한 지식이 많은 편은 아니기 때문에 어떤 그림이 좋은 그림인지 그 가치를 매길 만한 자격 같은 건 없지만, 유달리 반 고흐의 그림을 참 좋아한다. 아니, 사실 생 중에 미치광이라고 불리던 그의 인생을 나도 모르게 애틋해하고 있는지도 모르겠다. 그가 천재성을 인정받은 건 살아 있을 때가 아니었기 때문에.

그는 늘 가난하고, 결핍에 시달리고, 사람들에게 손가락질 당하기 일쑤였으며, 일생의 대부분을 고독하게 지냈다. 그는 과연 예상할 수 있었을까? 지금 자신의 작품이 세계에서 가장 유명한 박물관에 소장되어 있고, 작품 하나가 수백억 원을 호가하고, 수많은 사람들이 그의 작품 세계를 칭송하고 사랑한다는 것을.

그가 남긴 그림과 몇 장의 편지 속 글들을 보고 읽으면서 나는 '진심을 다한 것들의 힘'을 믿게 된다. 아무리 그가 천재였다지만 사람들이 알아주지 않는다는 이유로 중간에 포기했다면 지금 우리가 보고 있는 작품들은 세상에 나올 수 없었을 것이다. 비록 당장 인정받지 못하더라도 지금 하고 있는 일에 진심을 다한다면, 그게 언제라도 모두가 알아줄 날은 결국 올 것이다. 아직 당신에게 딱 맞는 완벽한 타이밍이 오지 않았을 뿐이다.

나는 여전히 굳건한 믿음이 가지는 힘을 믿는다.

그것이 얼마나 나를 성장시킬 수 있을지에 대해서도.

많은 사람들이 히어로 영화에 열광하는 이유는

각박한 현실에서 구원받고 싶어 하는 욕구를

간접적으로나마 해소할 수 있기 때문이라고 한다.

사실 영화 속의 슈퍼맨이나 아이언맨 같은 히어로들이

우리가 살고 있는 세상에 나타날 거라

믿는 사람들은 얼마 없다.

그러나 우리는 이미 수많은 영웅들과 함께하고 있으며,

우리도 누군가를 구원할 수 있는 존재가 될 수 있음을

잊어서는 안 된다.

더는 주저하지 말고, 일어날 수 있는 용기를 가져라.

그대는 그대의 생을 구원할 수 있다.

나를 세상에 떳떳이 세우는 것으로부터

시작된 움직임은 또 다른 누군가의 귀감이 될 수 있고,

그렇게 하나둘 모이게 된 빛은

더 큰 파장이 되어 많은 것들을 변화시키리라.

# 하는 일에 최선을 다하면 그뿐

오랜 시간 글을 써오면서 한 가지 절실히 깨닫게 된 것이 있다. 그건 좋은 글을 써야 한다는 '부담감'이 글자 한 자를 쓰는데 얼마나 나쁜 영향을 끼치는가에 대한 것이다. 끝도 없는 마감 미루기를 계속하다 보니까 학부 시절에 교수님들이 차라리 다 써놓고 나중에 고치라고 하신 게 왜 그랬던 건지 알게됐다.

애초에 시작하지 않으면 좋은 글은커녕 나쁜 글도 나오지 않는다. 어쩌면 누군가에게 평가를 받아야 하고, 예전보다 더 나아져야 한다는 부담감에서 스스로 헤어 나오지 못한 것을 그저 좋은 글이 나오지 않는다는 말로 에둘러 포장해왔던 걸 수도 있겠구나 싶다.

하고 싶지 않은 것과 할 수 없는 것은 분명 다르지만, 가끔 같은 결과를 내기도 한다. 하고 싶지 않아서 하지 않았든, 할 수 없어서 어쩔 수 없었든 둘 다 결과가 0으로 끝난 거라면 그건 그냥 나에게 0이 된 일이 된다. 그러나 10일 수 있었던 일이 0이 된 것과 처음부터 0이던 것이 끝까지 0인 것은 분명 다르지 않은가? 그러니 처음부터 아예 시작할 수도 없었던 일이 아니라면 그 결론이 어떻게 되든 시작을 두려워하지 말자는 거다. 3은 3으로, 7은 7인 것만으로도 이미 충분한 가치가 있는 법이다. 모든 것을 완벽하게 해내야 한다는 부담감은 오히려 충분히 해낼 수 있었던 일을 시작조차 못 하게 만들 수도 있다.

나는 여전히 좋은 글을 쓰고 싶고, 그것에 대한 부담감을 일정 부분 가져가야 하는 것 역시 맞다. 그러나 그 이유로 아무것도 쓰지 못하는 사람이 되고 싶지는 않다. 글에 대해 좋고 나쁨을 판단하는 건 독자 개개인의 몫이지 쓰고 있는 작가의 몫은 아니다. 오히려 작가가 가져가야 할 몫은 뭐라도 써내는 것이 아닐까? 그렇게 우리는 우리의 자리에서 최선을 다하고 그 결과에 대한 비판을 듣거든 그것을 통해 더욱 성장하면 그뿐. 모든 걸 너무 어렵게만 생각하지 말자.


분명 내 입장에선 아니다 싶은 일인데, 옳다고 받아들이는 게 쉬운 일은 아니다. 다른 사람이 옳다고 해서 그걸 곧이곧대로 다 받아들여야 한다는 것도 아니다. 단지 내가 정해놓은 선 안에서 벗어나지만 않으면 된다는 거다. 여기까지는 들어올 수 있지만 그 이상으로 들어오면 그건 내가 아닌 게 될 수도 있으니까.

그러니 '이건 내가 아닌데', '잘 할 수 없는데' 하고 지레 겁먹지 말고, 일단 최선이라도 해보자는 거다. 혹시 아나? 두려워 내딛지 못했던 첫 문장을 시작하면 그것들이 모여 인생의 전환점을 만들어낼지.

여유롭지 못할 때는 여유롭지 못한 대로

조금 쉬어가도 될 때는 적당히 쉬어가면서

너무 조급하게 나를 몰아세우지 말고

그렇다고 뭘 했는지도 모를 만큼 게으르지는 않게

뭘 해도 나를 다치게 하지 않을 만큼만

우리 그렇게 적당히 살기로 해요.

# 조금만 더 행복해지기를

요즘은 잘 안 하는 것 같지만 15년 전쯤 한참 양파 실험이 유행한 적이 있었다. 같은 환경 조건에서 양파 두 개를 키우면서 한쪽에는 칭찬과 좋은 말을 해주고, 한쪽에는 온갖 부정적인 말을 하면서 어느 쪽이 더 잘 자라는지를 확인하는 간단한 실험이었다. 신기하게도 대부분의 결과는 예쁘고 좋은 말을 해준 양파가 더 잘 자랐다.

  물론 두 개의 양파가 온전하게 똑같은 환경 조건에서 자라

났는지는 알 수 없다. 나도 모르게 좋은 말을 해주면서 그 양파에 신경을 한 번 더 썼을 수도 있고, 나쁜 말을 들은 양파가 원래 성장이 더딘 편이었을 수도 있으니까. 그러나 우리가 이 실험을 통해 얻고자 했던 '말의 힘이 강력하다'는 결론은 변함이 없다. 세상의 모든 것은 각자의 에너지를 가지고 있다고 하지 않는가. 그 에너지를 어떤 파동으로 만들어가느냐는 오롯이 개인의 몫이고.

잘될 거라고 믿어도 모자랄 일에 괜한 걱정을 끼워 넣지 말자. 가끔은 근거 없는 자신감도 필요할 때가 있다. 매일 나에게 "잘할 거야"라는 말을 해줄 수 없더라도, 적어도 "넌 안 될 거야"라는 말을 하면서 스스로를 주눅 들게 하지는 말자는 거다.

나는 누가 뭐래도 좋은 말을 꾸준히 듣고 자란 양파처럼 성장하고 싶다. 우리 모두가 남에게도, 자신에게도 되도록 긍정적인 에너지를 줄 수 있기를 바란다. 남에게 건넨 따뜻한 응원 한마디가 언젠가 나에게 더 큰 힘이 되어 돌아오기를 바라며, 나는 진심으로 우리가 잘되기를 바라.

## PART 4

너의 존재가 이미 내게 위로인걸

# 사랑하게 될 줄 알았어

사랑은 언제나 사람의 시선 끝에 머문다. 사랑하는 사람을 가만히 바라볼 때, 그 두 시선이 한곳에 닿아 멈출 때, 그렇게 멈춘 시선이 입꼬리에 달려 잔잔한 미소를 만들고 그 미소가 나도 모르게 가슴을 뛰게 할 때, 우리는 그걸 사랑이라고 부른다.

사람이 사람을 사랑하는 데 걸리는 시간은 딱 3초라고 한다. 물론 사람마다 다르겠지만 첫 만남에서 느끼는 설렘이 두 사람의 관계를 어떻게 좌우하는지는 아마 당신도 잘 알고 있을 것이다. 살다가 꼭 한 번은 그래봤을 법한 일이니까. 손 한 번 잡아보지 않았는데도 마치 네 손의 온기를 알고 있는 사람 같았고, 네 말들 중 좀처럼 알아듣지 못하는 문장들까지 전부 아는 척을 하고 싶었다. 내가 너를 사랑하는 순간, 네가 어떤 사람인지는 더 이상 중요하지 않았다. 네가 어떤 사람이었어도 나는 너를 사랑했을 테니까.

나는 그렇게 대단한 사람이 아니라 시도 때도 없이 너를 화나게 할 수도 있고, 단단하지도 모질지도 못한 사람이라 어느 순간 너를 지치게 할 수도 있고, 네가 기대하던 사랑과 달라서 '얘는 왜 이런 사랑밖에 하지 못할까'라며 내게 실망하게 될 수도 있지만, 그래도 이거 하나 믿어주면 좋겠다. 어떤 순간에도 나는 너에게 진심일 거라는 것.

두 눈이 마주치던 그날, 솔직히 너도 알고 있었지? 내가 너를 사랑하게 될 거라는 걸. 내가 말한 적 있던가? 그렇게 기를

쓰고 피하다 결국 너와 맞닿았을 때, 나는 내가 결국 이렇게

될 줄 알았어.

무슨 말이 더 필요해.

그저 사랑인걸.

# 좋아하고 있어

그러니까 뭐랄까. 사실 나도 이걸 뭐라고 설명해야 할지 잘 모르겠는데, 나 요즘 하루 종일 네 생각만 한다. 정신 차려보면 나 지금 뭐하는 거지 싶을 때도 있는데, 아무리 안 하려고 노력해봐도 내 세상 곳곳에 네가 있어서, 솔직히 이제는 좀 포기 상태야. 원래 사람 감정이라는 게 마음처럼 되는 게 아니라며? 이건 어쩔 수 없다고 흘러가는 대로 두는 게 더 나을 것 같아. 문제가 있다면 아마 그 시간 동안 내 마음이 점점 커져버릴 게 뻔해서 그게 가장 문제랄까.

오늘은 처음으로 주변 사람들한테 내가 널 좋아하는 것 같다고 말했어. 막상 입으로 뱉고 나니까 마음이 더 확실해진 것 같더라. 그래서 내가 뭘 더 어떻게 해야 하는 건지 걱정도 되고 그래. 내가 너를 좋아한다고 해서 내 감정을 너한테 강요를 할 수도 없는 거고, 그렇다고 마냥 보고만 있자니 속이 터질 것 같아. 그러니까 내가 자꾸 문자하고, 전화하고, 만나자고 하고 그러는 거야. 그러면 내가 너 좋아하는 거 네가 눈치라도 챌까 싶어서. 진짜 내가 이 시점에 뜬금없이 짝사랑 같은 걸 할 줄 누가 알았겠어.

"좋아해."

그냥 이 말이 하고 싶었어. 지금 당장 나 좋아해달라는 것도 아니고, 네가 먼저 나한테 뭐라도 좀 해줬으면 좋겠다느니 그런 것도 안 바라. 그냥 내가 네 마음속에 들어갈 수 있을 때까지만 다른 사람 만나지 마. 맞아, 그냥 다른 애 말고 나 만나자는 소리야. 아, 그냥 좋으면 좋다고, 싫으면 싫다고 말 좀 해주라. 좋으면 나도 좋고, 싫어도 좋아지게 해줄게. 원래 사람 좋아하면 다 이런 거야. 뭘 그렇게 웃어. 근데 나는 지금 너 되게 보고 싶은데, 우리 잠깐 만날래?

# 사랑이 좀 어려워

이제는 누구라도 좋으니까 정신이 빠져버릴 만큼 집중할 만한 존재가 생겼으면 해. 세상에 있는 수많은 것들이 전부 의미를 잃어버리더라도 그 사람만 나타나준다면 별것 아닌 것 같던 일들까지도 저마다의 특별함이 생겨버리겠지. 재미없고 단조로운 일상에 태어나 들어본 적 없는 음색을 얹어줄 수 있는 사람이었으면 좋겠어. 내가 너무 욕심이 많은가? 사실 내가 그 사람을 사랑하게 된다면 그때부터는 그 애가 무슨 말을 해도 나한테는 전부 처음 듣는 단어 같을 거야. 원래 사랑이라는 게 다 그런 거 아니겠니. 난 아마 그 애가 눈 한 번만 깜빡여도 손뼉치고 싶을걸.


　어떤 사람들은 사랑이 인생에 전부가 되는 게 가장 바보 같은 짓이라고 하는데 그건 어떻게 보면 되게 맞는 말이고, 어떻게 보면 되게 불쌍한 소리야. 사랑이 인생에 전부가 되어도 어떤 사람은 행복하게 잘 먹고 잘 살고, 어떤 사람은 울고불고 밑바닥까지 떨어지잖아. 내 주변만 봐도 사랑에 목숨 걸던 게, 상대방 때문에 오히려 열심히 잘만 살더라. 물론 나처럼 거기에 목숨 걸다가 며칠 동안 천장만 보고 숨만 쉬던 애도 있기는 한데…. 그렇다고 그게 잘못된 거라고 욕할 수는 없잖아. 그래, 물론 좀 불쌍해 보이기야 하지. 근데 뭐 언제까지 이렇게만 살겠어. 다들 언젠가는 이런 것까지 알아주는 사람 만날 거라고 생각하고 버티는 거잖아.


　그냥 뭐가 어찌 되었든 간에 사랑하며 사는 걸 무서워하지 말자는 말이 하고 싶었어. 상처받고 울고 마음 찢어질 것 같고 그런 거 누구나 다 한 번씩 겪는 건데, 그렇다고 "나는 이제 아무도 안 만날 거야" 하고 마음 닫고 산다고 좋은 건 아니니까. 그러면 결국 자기만 더 아파지고 그 모습을 보고 있으면 마냥 안쓰럽고 그렇더라고. 남한테 상처 주는 건 결국 다 고스란히 돌려받더라. 그러니까 굳이 미워하면서 저주하고 그럴 필요도 없고, 내려놓을 건 내려놓고 그러자고. 비워야 다시 채워지는 법이라잖아. 그렇게라도 믿고 힘을 내봅시다, 다들.

보고 싶은 사람이 생겼으면 좋겠다.


가만히 있다가도 자꾸 떠올라서 입가에

미소를 짓게 하는 사람.

퇴근 후에 가장 먼저 찾고 싶은 사람.

별 다른 거 하지 않아도 그냥 같이 밥을 먹고,

영화 한 편을 보면서 도란도란 수다 떨 수 있는 사람.

눈 마주치면 마냥 좋다고 웃다가

품 안에 가득 안아 재워주는 사람.

졸린 눈을 비벼가며 나의 새벽을 지켜주는 사람.

어디에서 뭘 하고 있어도 내가 혼자라는 생각이

들지 않게 하는 사람.

온 세상을 다 뒤져도 다시는 만날 수 없을 것 같은 사람.


일평생 하나뿐일 나의 사람, 나의 사랑.

# 因緣

"친애하는…." 누군가에게 친애하는 존재가 되는 것은 실로 벅차오르는 일이 아닐 수 없다. 나는 이 생에서 몇 명의 사람을 만나게 될까? 그리고 그들 중 몇 명이나 내가 생을 마감할 때까지 곁에 남아줄 수 있을까? 혹시라도 내가 사라지게 되면 세상 무너진 듯 서럽게 우는 것까진 아니더라도 이곳에 내가 존재했다는 사실을 기억해줄 만한 누군가가 필요한 것만은 사실이다.

시간이 지날수록 만나야 할 사람의 수는 점점 많아졌지만, 정작 만나고 싶은 사람의 수는 현저히 줄어들었다. 사람을 만나 대화를 하는 일은 더 이상 내게 즐겁기만 한 일이 아니었다. 대화를 나눌 때마다 그들의 심리를 파악해야 하고, 그 앞에서 너무 많은 것을 드러내는 일은 삼가야 했으며, 그러고도 내가 그들에게 일종의 선을 긋고 있다는 사실도 들켜서는 안 됐다. 어느 순간부터 사람을 만나는 것 자체가 내게 해야만 하는 일 중 하나가 되어버린 것이다. 매 순간 마냥 즐기지 못하는 내 성격을 탓해야 할지, 아니면 그동안 상처 주고 떠나간 사람들을 원망이라도 해야 하는 건지 모르겠다.


만나야 하는 사람 말고 만나고 싶은 사람과의 진짜 만남이 점점 더 절실해졌다. 사람들 앞에만 서면 나는 내가 누구인지 자주 잊어버린다. 아무것도 말하지 않아도 나를 알아주는 사람이 생겼으면 좋겠다. 눈빛만 봐도 지금 무슨 생각을 하는지 알고, 멀어지고 다가올 때를 잘 맞추어주는 사람. 굳이 나에 대해 설명하며 오랜 시간을 쓰지 않아도 그 사람만 보아도 내가 어떤 사람인지 표현할 수 있는 그런 사람. 인연이라고 부를 수 있는 그런 사람.

그동안 나를 스쳐 간 인연들에게 그 시절의 나와 함께해줘서 진심으로 고마웠다고 말하고 싶다. 누군가는 내게 잊지 못할 상처를 남기고, 누군가는 내게 평생을 안고 갈 낭만을 선물했지만, 이제는 과거의 인연이라는 이름 앞에 전부 똑같은 존재가 되어 있다. 덕분에 잠시나마 외롭지 않았고, 한동안 많이 울었지만 그만큼 성장할 수 있었다.

만남은 첫 시작만큼이나 끝맺음 역시 중요하다. 이미 오래전 보낸 인연들일지라도 다시 한번 정중한 작별 인사를. 더는 지난 기억이 나를 웃게 하지도, 울게 하지도 않도록. 이젠 그만 안녕히.

# 너도 가끔 내 꿈을 꿔?

'사랑은 어떤 순간에 찾아오는 것일까?' 하고 생각해본 적이 있다. 그 애의 눈을 처음 마주했을 때일까? 그 눈동자 속에 가득 담겨 있는 나를 빤히 바라보다가 '아, 너라면 되겠다' 하고 허락도 받지 못한 마음을 혼자 꾹 눌러 삼켰던 때일까? 그것도 아니면 옅은 바람에 흩날리던 너의 까만 머리칼을 가만히 손으로 쓸어보고 싶다는 충동이 일었던 그 순간일까?

요즘은 네 마음속에선 내가 어디쯤 있을까 하는 생각을 자주 한다. 너는 내내 다정한 사람이어서 그저 내게도 같은 온도의 말들을 건네고 있을 뿐인데, 나는 그 온도에도 자꾸만 마음에 불이 붙는다.

몸도 마음도 전부 온전해지기 전까지는 누군가를 품고 싶단 생각 따위 하지 않겠다고 다짐했는데, 너는 자꾸 내가 전부 준비되었다는 착각을 하게 한다. 아니, 네 앞이라면 그렇게 우겨보고 싶다. 나는 여기 이렇게나 단단한 모습으로 서 있고, 언제나 너의 곁을 지킬 것이며, 우리 앞에 어떤 일이 펼쳐지더라도 절대 물러서지 않겠노라는 굳건한 믿음. 쉽게 약속해서는 안 되는 것들을 약속하고, 네 마음을 내 곁에 묶어두고 싶다. 솔직히 내가 할 수 있는 거라면 무엇이든 하고 싶은데, 네게는 대체 어떤 것들이 필요한지 도무지 알 길이 없어 답답할 뿐이다.

아마 너는 눈치채지 못했겠지만 내 곁의 사람들 중 유난히 너를 아끼고 좋아하고 있어. 아직은 딱 여기까지의 마음이라 다행이다 싶다가도 '우리 사이 어쩌면 조금 더 깊어질 수 있을까?'라는 기대 같은 걸 많이 해. 네 마음은 어때? 너도 가끔 내 꿈을 꿔?

언젠가 딱 한 번의 기회가 주어진다면

네가 나의 인생에 얼마나 큰 부분을 차지하고 있었는지,

네가 얼마나 가치 있는 사람인지 꼭 알려주고 싶어.

늘 너의 안녕을 위해 기도할게.

아프지 말고 지금처럼 잘 지내.

나의 유일한 낭만.

# 그저 인연이 아니었음을

한창 사랑의 열병을 앓고 있던 시기에 가장 흔히들 하게 되는 실수가 있다. 내 마음이 정리되지 않은 상태에서 상대와 헤어진 후 그 사람이 금방 다른 사람을 만나게 되었거나 또는 상대가 바람을 피워 떠났거나 했을 때 주로 일어나는데, 그건 바로 그 사람의 새로운 연인이 된 사람과 나 자신을 끊임없이 비교하며 자책하는 것이다.

사랑이 수없이 많은 이유를 통해 시작되듯 이별 역시 마찬 가지다. 그가 내가 아닌 다른 사람을 사랑하게 되었다고 해도 그 사실을 인정하고 내려놓는 것 역시 사랑의 한 과정이다. 물론 말처럼 쉽지 않다는 것을 안다. 매일같이 그 사람의 SNS나 메신저 프로필 사진에 눈도장을 찍으면서 행복해 보이는 그 사람에 비해 하루하루 피폐해지는 초라한 자신과 마주한다.

처음에는 '저 사람보다는 내가 더 낫지 않나?', '조금만 있으면 후회하고 돌아오지 않을까?' 하고 기대하다가 시간이 지날수록 점점 자존감이 떨어지면 그제야 '저 사람을 나보다 더 사랑하나 보다', '이제는 나 같은 건 다 잊었나?'같이 온통 나를 갉아먹는 생각들이 머릿속에 가득해진다.

지금 당장은 거짓말 같을지 모르지만 그 생각들은 전부 다 틀렸다. 그가 당신을 떠난 이유는 오직 한 가지다. '더 이상 사랑하지 않아서.' 가슴 아프겠지만 온갖 이유를 다 들어가며 나 자신을 괴롭히는 것보다 이렇게 깔끔한 이유가 훨씬 낫다. 객관적으로 봤을 때 내가 그 사람보다 못날 수도 있지만, 그런데도 그가 나를 여전히 사랑한다면 내 곁에 남아 있을 거다.

같은 맥락으로 그가 바람을 피운 것도, 헤어지고 나서 금방 다른 사람을 만난 것도 그가 그 정도의 사람이었을 뿐이지 내가 무언가를 잘못해서가 아니다. 애초에 내가 그 사람에게 헌신을 다하고 더 잘해주었어도 같은 상황에 놓여 선택할 상황이 생겼다면, 그는 지금과 똑같은 선택을 했을 것이다. 그러니 가지지 않아도 될 죄책감으로 나를 괴롭히면서 더는 사랑 같은 건 못 하겠다는 말 하지 말고, 상처받은 나를 한 번 더 다독여주고 그 사람의 소식은 점점 더 멀리하면서 그렇게 조금씩이라도 어둠의 그늘에서 벗어나 따뜻해질 시작을 준비했으면 좋겠다.

당신은 사랑받을 만한 자격이 충분한 사람이야.

그리고 사랑은 언제나 예상치 못한 순간에 찾아와

마음에 또 하나의 불씨를 지필 거야.

지난 아픔을 통해 성장한 마음으로 이제는 조금 더

견고한 사랑을 맞이할 수 있기를 간절히 기도할게.

때가 되면 나오는 제철 과일을 주변에 선물하는 것을 좋아한다. 이렇게 또 하나의 계절이 지났지만, 여전히 우리는 함께하고 있다는 것을 그런 소소한 마음을 통해 되새기게 된다. 구하기 어려운 과일을 어떻게든 구해서 먹여주고 싶은 마음이 사랑이라면, 겨울철의 귤과 같이 어김없이 생각나는 과일을 때맞추어 보내주고 싶은 마음은 정이다.

그렇게 당신과 나 사이의 온도를 이대로 따뜻하게 유지하고 싶다. 둘의 관계가 가끔은 시큼하고 돌이켜보면 떫은 구석이 있더라도, 시간을 두고 지켜보다 보면 누구보다 달큰한 서로가 되어줄 수 있도록.

# 그때의 우리는 여전해

그동안 주로 사랑에 대한 글을 써왔던 탓일까? 책을 출간하고 나서 독자분들이 써주는 리뷰를 보다 보면 가끔 "20대에 읽었다면 공감이 더 잘 되었을 것 같은데, 지금은 그때처럼 뜨거울 수 없다는 게 아쉽다"라는 글을 볼 때가 있다. 사람들이 20대를 청춘이라고 부르는 이유는 아마 여기 있을 것이다. 뭘 해도 부족하고 모자라고 덕분에 많이 아팠지만 그럼에도 불구하고 늘 뜨겁고 찬란했다 여겨지는 순간들이 대체로 20대에 밀집되어 있기 때문에. 물론 누군가는 그때 너무 치열하게 살았기 때문에 다시는 돌아가고 싶지 않다고 말할 수 있고, 안정적인 지금이 훨씬 좋다고 생각할 수 있겠지만, 그들 또한 한 번 무너진 감정이 예전처럼 다시 돌아오기 힘들다는 것도, 그리고 그때의 우리가 찬란하고 눈부셨다는 것도 부정하기는 어려울 것이다.

아는 게 많아지면 두려운 것도 많아진다. 이별의 상처를 알고 나면 사랑을 하는 것이 어려워지고, 몇 번의 취업 실패를 겪고 나면 이력서를 내는 과정에서부터 스트레스를 받는다. 쌓이는 나이만큼 감당해야 할 것들은 점점 많아질 수밖에 없는데, 그 와중에 처음과 같은 감성을 유지하고 사는 일이 쉬울 리 없다. 먹고사는 게 바빠지면 사랑은 사치가 되고 나를 사랑하고 있는 사람들의 응원조차 성가실 때가 있다. 솔직히 당장 눈앞에 내가 책임져야 하는 것들이 천지에 깔려 있는데 사랑 노래만 부르는 게 이상할 수도 있다.

원래 사는 게 다 그렇지 않나. 제발 그렇지 않았으면 하는 것들은 꼭 반대로만 실현되고 마는. 그러니 '내가 왜 이렇게 됐지' 하고 신세를 한탄할 필요도 없다. 어차피 사랑은 어떻게 해도 사랑이니까. 꼭 예전처럼 그렇게 뜨거워야만 하는 것도, 없으면 죽을 것처럼 간절해야만 하는 것도 아니다. 그저 감정의 종류가 달라졌을 뿐이지 그게 사랑이 아닌 게 되어서 내가 누군가를 진심으로 사랑하지 못하는 사람이 된 게 아니라는 거다.

살면서 우리가 거치는 몇 가지 챕터가 있다면, 이건 첫 번째에서 두 번째로 넘어가는 자연스러운 과정일 뿐 우리가 가졌던 것을 전부 잃어버린 게 아니라는 것을 기억하자. 그때의 우리는 우리의 기억 속에 여전히 살아 숨 쉬고 있고, 지금의 우리는 먼 훗날 아쉬워하게 될 또 다른 찬란함이니까, 바로 지금 후회 없이 사랑하면 된다.

한평생 사랑만 하고
살기에도 모자란 시간
괜한 걱정들로
낭비하지 말아요.

내가 앞으로 살아갈 날의 모든 걱정은 오직 당신을 위한 것.

사랑이라는 이름 안에서 허용될 수 있는 것들을

전부 너에게 주고 싶어.

비 오는 날을 좋아하지 않는 너에게 그 우울보다

더 큰 찬란을 선물하고 싶어.

하나의 우산 안에서 합쳐진 그림자에게 나는

늘 이곳에 있으리라 약속할 거야.


사랑아, 내가 너의 사랑임을 자랑스럽게 여겨줘.

너의 존재는 나의 현실을 꿈이라 착각하게 하고,

울다 지쳐 깨던 셀 수 없는 아침들을 떨쳐내게 하지.


넌 나의 유일함이야.

어떤 것도 내게 있어 너보다 중요한 것은 없을 거야.

태어나 내가 사랑한 무수한 것들,

그중 제일은 너라고 주저 없이 말해줄게.

더 이상 고민 같은 건 하지 않아. 사랑은 이런 거야.

네 존재만으로 비어 있던 세상이 완전하게 채워지는 것.


사랑해.

나의 세상. 나의 하루. 일생의 한 번뿐인 나의 연인.

맞잡은 손에 끝없는 확신을 전해주는 나의 온전함.

사람은 살면서 수도 없이 많은 이별을 맞이하게 된다.

나는 이제 더는 이별을 대단하다고 생각하지 않는다.

어차피 우리는 매번 이 순간, 계절,

인연으로부터 떠나야 하니까.

그 많은 것들에 하나하나 의미 부여를 하다 보면

결국은 평생 어딘가에 매여

같은 자리를 맴도는 사람으로밖에 살 수 없다.

매일 사랑하며 사는 우리에게 이별은 너무도 당연하다.

오늘 당신이 이별에 아팠다면 그건 그만큼

사랑했던 시간이 있었기 때문이니 어서 훌훌 털어내고

또 다른 무언가를 진심으로 사랑할 것.

# 이 순간이 영원일 것처럼

반려동물을 키우는 인구가 늘어나면서 '펫로스 증후군'을 겪는 사람들의 수도 증가하고 있다. 평생 가족이 되어 항상 옆을 지켜주는 반려동물을 잃는 것은 보호자에게 두려울 수밖에 없는 일이다. 어디선가 노견이 언제 무지개 다리를 건널지 모른다고 염려하여 새 반려동물을 입양하는 일이 노견의 수명을 단축시킬 수 있다는 글을 읽게 된 이후부터 건강한 이별의 방식에 대해 많은 생각을 하게 됐다.

상실감을 채울 수 있는 가장 쉬운 방법은 비워진 자리에 같은 것을 가져와 채우는 것이라고 한다. 흔히 이별을 했을 때도 사람은 또 다른 사람으로 잊힌다며 새로운 사람을 만나는 걸 권하기도 하니까. 그런데 감정적으로 힘들어질 것을 염려한다는 이유로 이렇게 환승하듯 감정을 옮겨가며 지내는 것이 과연 정답이 될 수 있을까?

상실喪失을 채울 수 있는 방법은 결국 상실詳悉이다. 잃은 것에 대해 빠짐없이 전부를 알고 이해하는 것. 상황과 감정을 피하지 않고 제대로 직면해야 그 상황과 감정에서 제대로 벗어날 수 있다는 뜻이다. 매번 어렵다는 이유로 회피하는 것으로는 근본적인 문제를 해결할 수 없다.

그러니 더는 잃는 것을 두려워하지 말자. 그게 무엇이든. 지금 곁에 반려동물이 있다면 함께하는 그 시간을 충분히 만끽하기를. 그리고 매일 더더욱 많이 행복하기를. 지금 곁에 있는 그 아이에게만큼은 당신이 단 하나뿐인 세상이니까. 사랑하는 사람이 있다면 언제나 영원할 것처럼 사랑하기를.

사랑에 빠진 니보다 🖤 더 아름다운 건 없어.

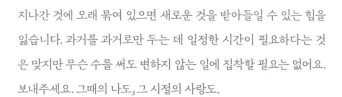

지나간 것에 오래 묶여 있으면 새로운 것을 받아들일 수 있는 힘을 잃습니다. 과거를 과거로만 두는 데 일정한 시간이 필요하다는 것은 맞지만 무슨 수를 써도 변하지 않는 일에 집착할 필요는 없어요. 보내주세요. 그때의 나도, 그 시절의 사랑도.

마음속에 있던 모든 것을 비워낸 지금, 내게는 누군가를 가득 품을 만한 여유가 생겼고, 사랑을 사랑으로만 받아들일 수 있는 지혜와 이런 나를 있는 그대로 사랑해줄 수 있는 사람이 생겼습니다. 온 마음을 열고 내게로 들어오는 모든 존재를 받아들일 수 있도록 나 자신을 놓아주세요.

이상적인 사랑을 꿈꾸고 현실에서 그 사랑을 실현하세요. 할 수 없는 것이 아니라 해보지 않은 걸 수도 있잖아요. 나는 지금 내 옆에 있는 사람이 가장 소중하고, 이 사람이 과거의 어떤 것과도 감히 비교되도록 하고 싶지 않아요. 이 사랑이 어느 순간 또 다른 과거가 되어버리더라도, 매일 최선을 다해 사랑했노라 단언할 수 있을 만큼 후회 없이 사랑하렵니다.

# 나 다음은 너

지금까지 수도 없이 많은 사랑 이야기를 써왔지만, 아이러니하게도 현실에서 내가 가장 자신 없어 하는 게 바로 연애다. 중이 제 머리 못 깎는다는 말이 이래서 나오는 건가 싶을 정도다. 일할 때는 누구보다 이성적이던 내가, 사랑하는 사람 앞에서만큼은 모든 객관성을 잃어버린다.

사랑은 분명 나를 살게 했으나 그 사실이 무거운 짐처럼 느껴질 때도 많았다. 이제 버릴 때가 되었다는 걸 알면서도 억지로 붙들어놓고 이것도 낭만이라 우겨보고 싶었달까. 결국 나 자신한테 가장 미안한 소리겠지만, 그렇게 구질구질한 건 사랑도 낭만도 될 수 없다.

사람은 죽을 때까지 몇 명의 사람을 사랑하게 될까? 사람마다 허락된 사랑의 수가 처음부터 정해져 있는 거라면 내가 그걸 너무 빨리 써버린 게 아닐까 하는 생각을 했었다. 그게 아니라면 그냥 애초부터 남들보다 나한테 주어진 게 적었다거나. 그런데 사실 둘이 있어 두 배로 행복하지 못할 거라면 혼자서 조금 더 온전하게 살아가는 편이 좋지 않나 싶기도 하다.

둘이어도 좋은데, 혼자인 것도 좋아. 만약 이게 둘이면 좋은데 혼자인 건 싫은 상태가 되어버리면 그건 또 문제겠지만. 나는 내가 너무 많은 것을 포기하고 살지 않았으면 하는데, 자꾸만 놓아야 편한 것들이 생긴다.

이젠 어떤 상황에서도 내가 먼저, 내 마음이 먼저, 내 상태가 먼저다. 다른 어떤 것도 내 옆에는 두어도 내 위에는 두지 않기로 했다.

내 마음이 온전해야 사랑도 그럴 수 있어.

나는 모두에게 사랑받고 싶은 사람이 아니에요.

당신에게 사랑받고 싶은 사람이지.

다른 사람들과 똑같은 존재가 되고 싶지 않아요.

당신에게만 조금 더 특별한 사람이 되고 싶어요.


곁을 내어주세요. 내가 조금 더 가까이 갈 수 있도록.

그렇게 아주 오래 머물러주세요.

누군가에게 당신이 나의 사랑이라 소개하지 않아도

당연스레 그럴 거라 여겨질 수 있도록.


그대는 그렇게 나를 오래도록 사랑하세요.

하루하루 변해가는 세상 속에서도

나와 그대만은 영원히 변하지 않았으면 해요.

# 당신을 위한 기도

타인의 행복을 비는 마음은 결국 나에게로 다시 돌아오는 법이라고 했다. 그만큼 조금의 미움과 가식 없이 누군가가 진심으로 행복하기를 바라는 것이 쉬운 일이 아니라는 것이다. 인간의 마음은 어쩔 수 없이 간사한 법이라 작은 것에도 질투와 시기를 느끼기 마련이니 말이다.


나는 종교가 없지만, 각자가 믿고 있는 신에게 나의 안녕을 빌어주고 있는 사람들이 있다. 기도라는 건 꼭 나의 소원을 들어주는 대상이 있어야 하기보다는 그 기도를 함으로써 마음의 안정을 찾고, 다시 한번 생각을 담을 수 있는 것에 더 큰 의미를 두어야 한다고 생각한다.

오늘부터 이름 모를 사람들의 안녕을 빌어보고자 한다.

지독한 바람에 흔들려도 단단히 버틸만한 뿌리를 가지기를.
밀려오는 파도에 휩쓸려 표류하더라도 그것이 어디를 향하고 있는지 더는 두려워하지 않기를.
건강한 몸과 그것보다 더 건강한 정신을 가지기를.
서로를 미워하는 대신 한 번 더 사랑하기를.
끝이 없을 것 같은 새벽의 고뇌에도 결국 아침은 찾아온다는 사실을 잊지 않기를.

그리고 나의 기도문에는 언제나 당신도 포함되어 있음을 기억하기를.

# 아프지 마, 그게 다야

누군가에게 전할 수 있는 편지보다 전할 수 없는 편지를 더 많이 쓴다. 언제라도 전할 수 있는 것에는 그 절실함이 덜해지는 탓일까? 이제는 볼 수 없는 사람에게 어떤 문장이라도 주저 없이 전할 수 있었던 시절에 나는 그의 마음에 어떤 것들을 쥐여주었을까? 그것이 혹시 이제껏 그를 아프게 하지는 않았을까?

　사람을 살리는 사람으로는 살지 못해도 적어도 죽이는 사람으로는 살지 말자고 다짐한 이후부터는 말 한마디를 뱉는 것에도 신중을 기하게 된다. 원래도 말을 많이 하는 타입은 아니었지만, 그 때문에 말수가 조금 더 줄어든 것 같기도 하다.

인간은 망각의 동물이지만 안타깝게도 행복했던 기억보다 불행했던 기억을 좀 더 오래 기억하게 된다고 한다. 이 말인즉, 지금껏 백 마디의 좋은 말들을 해주었다고 한들 단 한마디의 나쁜 말로 기억된다면 나는 그 사람의 기억 속에 불행의 조각이 되어 남는다는 것이다.

나는 지금쯤 너에게 무엇이 되어 있을까? 아직 이렇게나 하고 싶은 말이 많이 남아 있다는 것이 우리의 인연이 이대로 끝나지 않을 것이라는 반증이 되어줄 수 있다면 나는 기적처럼 다시 마주한 네게 가장 먼저 어떤 말을 하게 될까? 어쨌거나 아프지 않았으면 좋겠어. 그게 다야.

사람들은 책이나 영화를 볼 때, 어떤 기준으로 좋고 나쁨을 구분하는 걸까? 물론 모두의 취향은 각자 다르기 때문에 같은 것을 보아도 그것이 어떻다고 느끼는 기준은 다를 수 있다. 그러나 같은 취향을 가지고 있는 사람들이 그것을 좋았다고 판단하는 기준은 대체로 비슷하다. 모두가 명장면이라고 기억하는 영화의 장면과 좋은 구절이라고 필사를 하는 책의 내용이 같은 경우가 많듯이 말이다.

사람의 기억력은 유한하기 때문에 2시간 동안 같은 내용을 본다고 해도 모든 것을 기억할 수는 없다. 결국 기억하게 되는 것은 몇 가지 마음에 와닿는 내용일 뿐이다. 인생도 책이나 영화

와 다를 것이 없다. 각자가 가지고 있는 시나리오에서 기억하게 되는 것들은 수많은 일 중 고작 몇 가지 에피소드가 전부다.

모든 것이 내 마음처럼 흘러갈 수는 없겠지만, 적어도 내가 사랑하는 사람들의 명장면 속 한구석에 내가 자리하고 있었으면 좋겠다. 그들이 마음에 담고 사는 말 중 한 구절 정도는 나의 진심 어린 문장이 차지하고 있다면 더 바랄 것이 없겠다.

여전히 나는 지금, 이 순간 함께하고 있는 당신들이 나의 온전한 취향이고, 나의 유일한 안식처다. 나의 인생에서 중요한 순간이 되어주어 고맙다는 말을 하고 싶었다. 오늘 새벽도 덕분에 꽤 괜찮은 날로 마무리할 수 있었으니까 말이다.

그러니 오늘은 아무런 걱정 없이 푹 잘 수 있었으면 해.

변하지 않는
너의 편으로부터

*Ps.*
*I'll always be by your side.*

이 다정함이 모여
아주 조금만 더 행복해지길

| | |
|---|---|
| **1판 1쇄 인쇄** | 2023년 1월 30일 |
| **1판 4쇄 발행** | 2023년 10월 16일 |

**지은이**    새벽 세시

**펴낸이**    김봉기
**출판총괄**   임형준
**편집**     안진숙, 김민정
**교정교열**   김민정
**디자인**    호우인
**마케팅**    선민영

**펴낸곳**    FIKA[피카]
**주소**     서울시 서초구 서초대로 77길 55, 9층
**전화**     02-3476-6656
**팩스**     02-6203-0551
**홈페이지**   https://fikabook.io
**이메일**    book@fikabook.io
**등록**     2018년 7월 6일(제2018-000216호)

**ISBN**    979-11-90299-76-3

피카 출판사는 독자 여러분의 아이디어와 원고 투고를 기다리고 있습니다.
책으로 펴내고 싶은 아이디어나 원고가 있으신 분은 이메일 book@fikabook.io로 보내주세요.